生活给了我一拳，但我出的是布

丰子恺 等 著

新世界出版社
NEW WORLD PRESS

图书在版编目（CIP）数据

生活给了我一拳，但我出的是布 / 丰子恺等著.
北京 : 新世界出版社，2025. 9. -- ISBN 978-7-5104
-8166-6
Ⅰ. I216.1
中国国家版本馆 CIP 数据核字第 2025NX6274 号

生活给了我一拳，但我出的是布

作　　者：	丰子恺　等
责任编辑：	董晶晶
责任校对：	宣　慧　张杰楠
责任印制：	王宝根
出　　版：	新世界出版社
网　　址：	http://www.nwp.com.cn
社　　址：	北京西城区百万庄大街 24 号（100037）
发 行 部：	(010)6899 5968（电话）　(010)6899 0635（电话）
总 编 室：	(010)6899 5424（电话）　(010)6832 6679（传真）
版 权 部：	+8610 6899 6306（电话）　nwpcd@sina.com（电邮）
印　　刷：	三河市嘉科万达彩色印刷有限公司
经　　销：	新华书店
开　　本：	880mm×1230mm　1/32　尺寸：145mm×210mm
字　　数：	137 千字　　　　　　　印张：7
版　　次：	2025 年 9 月第 1 版　2025 年 9 月第 1 次印刷
书　　号：	ISBN 978-7-5104-8166-6
定　　价：	46.00 元

版权所有，侵权必究
凡购本社图书，如有缺页、倒页、脱页等印装错误，可随时退换。
客服电话：(010)6899 8638

目 录

第一章 既然生活，就要有滋有味

003　南北的点心 / 周作人
011　散步 / 梁实秋
015　五味 / 汪曾祺
021　闲居 / 丰子恺
025　萝卜与白薯 / 周作人
027　养花 / 老舍
030　下棋 / 梁实秋
034　风飘果市香 / 张恨水
037　谈酒 / 周作人
042　北京的春节 / 老舍
048　看花 / 朱自清
054　吃菜 / 周作人
060　槐阴呓语——沱茶好 / 张恨水
062　吃的 / 朱自清
068　喝茶 / 周作人

第二章 万物于我，都是自由诗

- 075　山水间的生活 / 丰子恺
- 079　梧桐树 / 丰子恺
- 082　从旅到旅 / 缪崇群
- 084　书房的窗子 / 杨振声
- 089　秋光中的西湖 / 庐隐
- 100　雪 / 鲁彦
- 106　快阁的紫藤花 / 徐蔚南
- 110　书 / 朱湘
- 114　故乡的杨梅 / 鲁彦
- 120　马蹄 / 李广田
- 122　扬州的夏日 / 朱自清
- 126　他们尽是可爱的！ / 章衣萍
- 131　雨的感想 / 周作人
- 136　海燕 / 郑振铎
- 140　秋天，这秋天 / 林徽因

第三章 趁我还鲜活，不许任何人熄灭我

147　一副"绝缘"的眼镜 / 丰子恺
151　我有一个志愿 / 老舍
154　论废话 / 朱自清
158　乞丐和病者 / 陆蠡
163　女子问题 / 胡适
170　拜访 / 杨振声
174　救火夫（节选）/ 梁遇春
181　骂人的艺术 / 梁实秋
188　梦想之一 / 周作人
195　略论中国人的脸 / 鲁迅
200　论无话可说 / 朱自清
203　大妈们 / 汪曾祺
208　一年的长进 / 周作人
210　新年醉话 / 老舍
213　死之默想 / 周作人

第一章
既然生活,就要有滋有味

第一章
既然生活，就要有滋有味

南北的点心 / 周作人

中国地大物博，风俗与土产随地各有不同，因为一直缺少人记录，有许多值得也是应该知道的事物，我们至今不能知道清楚，特别是关于衣食住的事项。我这里只就点心这个题目，依据浅陋所知，来说几句话，希望抛砖引玉，有旅行既广、游历又多的同志们，从各方面来报道出来，对于爱乡爱国的教育，或者也不无小补吧。

我是浙江东部人，可是在北京住了将近四十年，因此南腔北调，对于南北情形都知道一点，却没有深厚的了解。据我的观察来说，中国南北两路的点心，根本性质上有一个很大的区别。简单地下一句断语，北方的点心是常食的性质，南方的则是闲食。

我们只看北京人家做饺子馄饨面总是十分茁实，馅决不考究，面用芝麻酱拌，最好也只是炸酱，馒头全是实心。本来是代饭用的，只要吃饱就好，所以并不求精。

若是回过来走到东安市场，往五芳斋去叫了来吃，尽管是同样名称，做法便大不一样，别说蟹黄包子、鸡肉馄饨，就是一碗三鲜汤面，也是精细鲜美的。可是有一层，这绝不可能吃饱当饭，一则因为价钱比较贵，二则昔时无此习惯。

抗战以后上海也有阳春面，可以当饭了，但那是新时代的产物，在老辈看来，是不大可以为训的。我母亲如果在世，已有一百岁了，她生前便是绝对不承认点心可以当饭的，有时生点小毛病，不喜吃大米饭，随叫家里做点馄饨或面来充饥，即使一天里仍然吃过三回，她却总说今天胃口不开，因为吃不下饭去，因此可以证明那馄饨和面都不能算是饭。这种论断，虽然有点儿近于武断，但也可以说是有客观的佐证，因为南方的点心是闲食，做法也是趋于精细鲜美，不取苴实一路的。

上文五芳斋固然是很好的例子，我还可以再举出南方做烙饼的方法来，更为具体，也有意思。我们故乡是在钱塘江的东岸，那里不常吃面食，可是有烙饼这物事。这里要注意的，是"烙"不读作"老"字音，乃是"洛"字入声。又名为山东饼，这证明原来是模仿大饼而作的，但是烙法却大不相同了。乡间卖馄饨面和馒头都分别有专门的店铺，唯独这烙饼只有摊，而且也不是每天都有，这要等待哪里有社戏，才有几个摆在戏台附近，供看戏的人买吃，价格是每个制钱三文，油条价二文，葱酱和饼只要一文罢了。做法是先将原本两折的油条扯开，改作三折，在鏊盘上烤焦，同时在预先做好的直径约二寸、厚约一分的圆饼上，满搽红酱和辣酱，撒上葱花，卷在油条外面，再烤一下，就做成了。它的特色是油条加葱酱烤过，香辣好吃，那所谓饼只是包裹油条的东西，乃是客而非主，拿来与北方原来的大饼相比，厚大如茶盘，卷上黄酱与大葱，大嚼一张，可供一饱，这里便显出很大的不同来了。

上边所说的点心偏于面食一方面，这在北方本来不算是闲食吧。此外还有一类干点心，北京称为饽饽，这才当作闲食，大概与南方并无什么差别。但是这里也有一点不同，据我的考察，北方的点心历史古，南方的历史新，古者可能还有唐宋遗制，新的只是明朝中叶吧。点心铺招牌上有常用的两句话，我想借来用在这里，似乎也还适当，北方可以称为"官礼茶食"，南方则是"嘉湖细点"。

我们这里且来做一点烦琐的考证，可以多少明白这时代的先后。查清顾张思的《土风录》卷六，"点心"条下云："小食曰点心，见吴曾《漫录》：唐郑傪为江淮留后。家人备夫人晨馔，夫人谓其弟曰：'治妆未毕，我未及餐，尔且可点心。'俄而，女仆请备夫人点心。傪诟曰：'适已点心，今何得又请？'"由此可知点心古时即是晨馔。同书又引周煇《北辕录》云："洗漱冠栉毕，点心已至。"后文说明点心中馒头、馄饨、包子等，可知说的是水点心，在唐朝已有此名了。

茶食一名，据《土风录》云："干点心曰茶食。见宇文懋昭《金志》：'婿先期拜门，戚属偕行。以酒馔往，酒三行，进大软脂、小软脂，如中国寒具。又进蜜糕，人各一盘，曰茶食。'周煇《北辕录》云：'金国宴南使，未行酒，先设茶筵，进茶一盏，谓之茶食。'"茶食是喝茶时所吃的，与小食不同。大软脂，大抵有如蜜麻花；蜜糕则明系蜜饯之类了。从文献上看来，点心与茶食两者原有区别，性质也就不同，但是后来早已混同了。本文中也就混用，那招牌上的话也只是利用现代文句，茶食与细点作同义语看，用不着再分析了。

我初到北京来的时候，随便在饽饽铺买点东西吃，觉得不大满意，曾经埋怨过这个古都市，积聚了千年以上的文化历史，怎么没有做出些好吃的点心来。老实说，北京的大八件小八件，尽管名称不同，吃起来不免单调，正和五芳斋的前例一样，东安市场内的稻香春所做的南式茶食，并不齐备，但比起来也显得花样要多

第一章
既然生活，就要有滋有味

些了。

过去时代，皇帝向在京里，他的享受当然是很豪华的，却也并不曾创造出什么来，北海公园内旧有"仿膳"，是前清御膳房的做法，所做小点心，看来也是平常，只是做得小巧一点而已。南方茶食中有些东西，是小时候熟悉的，在北京都没有，也就感觉不满足，例如糖类的酥糖、麻片糖、寸金糖，片类的云片糕、椒桃片、松仁片，软糕类的松子糕、枣子糕、蜜仁糕、桔红糕等。此外有缠类，如松仁缠、核桃缠，乃是在干果上包糖，算是上品茶食，其实倒并不怎么好吃。

南北点心粗细不同，我早已注意到了。但这是怎么一个系统，为什么有这差异？那我也没有法子去查考，因为孤陋寡闻，而且关于点心的文献，实在也不知道有什么书籍。但是事有凑巧，不记得是哪一年，或者什么原因了，总之见到几件北京的旧式点心，平常不大碰见，样式有点别致的，这使我忽然大悟，心想这岂不是在故乡见惯的"官礼茶食"么？

故乡旧式结婚后，照例要给亲戚本家分"喜果"。一种是干果，计核桃、枣子、松子、榛子，讲究的加荔枝、桂圆。又一种是干点心，记不清它的名字。查范寅《越谚》饮食门下，记有金枣和珑缠豆两种，此外我还记得有佛手酥、菊花酥和蛋黄酥三种。这种东西，平时不通销，店铺里也不常备，要结婚人家订购才有，样子虽然不差，但材料不大考究，即使是可以吃得的佛手酥，也总不及红绫饼或梁湖月饼，所以喜果送来，只供小孩们胡乱吃一阵，大人是不去染指的。可是这类喜果却大抵与北京的一样，而且结婚时节非得使用不可。云片糕等虽是比较要好，却是决不使用的。这是什么理由？

这一类点心是中国旧有的，历代相承，使用于结婚仪式。一方面时势转变，点心上发生了新品种，然而一切仪式都是守旧的，不轻易容许改变，因此即使是送人的喜果，也有一定的规矩，要定做现今市上不通行了的物品来使用。同是一类茶食，在甲地尚在通行，在乙地已出了新的品种，只留着用于"官礼"，这便是南北点心情形不同的缘因了。

上文只说得"官礼茶食"，是旧式的点心，至今流传于北方。至于南方点心的来源，那还得另行说明。"嘉湖细点"这四个字，本是招牌和仿单上的口头禅，现在正好借用过来，说明细点的起源。因为据我的了解，那时期当为前明中叶，而地点则是东吴西浙，嘉兴湖州正是代表地方。我没有文书上的资料，来证明那时吴中饮食丰盛奢华的情形，但以近代苏州饮食风靡南方的事情来作

第一章
既然生活，就要有滋有味

比，这里有点类似。

明朝自永乐以来，政府虽是设在北京，但文化中心一直还是在江南一带。那里官绅富豪生活奢侈，茶食一类也就发达起来。就是水点心，在北方作为常食的，也改作得特别精美，成为以赏味为目的的闲食了。这南北两样的区别，在点心上存在得很久，这里固然有风俗习惯的关系，一时不易改变；但在"百花齐放"的今日，这至少该得有一种进展了吧。

其实这区别不在于质而只是量的问题，换一句话即是做法的一点不同而已。我们前面说过，家庭的鸡蛋炸酱面与五芳斋的三鲜汤面，固然是一例。此外则有大块粗制的窝窝头，与"仿膳"的一碟十个的小窝窝头，也正是一样的变化。北京市上有一种爱窝窝，以江米煮饭捣烂（即是糍粑）为皮，中裹糖馅，如元宵大小。李光庭在《乡言解颐》中说明它的起源云："相传明世中宫有嗜之者，因名御爱窝窝，今但曰爱而已。"这里便是一个例证，在明清两朝里，窝窝头一件食品，便发生了两个变化了。

本来常食闲食，都有一定习惯，不易轻轻更变，在各处都一样是闲食的干点心则无妨改良一点做法，做得比较精美，在人民生活水平日益提高的现在，这也未始不是切合实际的事情吧。国内各地方,都富有不少有特色的点心,就只因为地域所限,外边人不能知道。我希望将来不但有人多多报道,而且还同上产果品一样,陆续输到外边来,增加人民的口福。

第一章
既然生活，就要有滋有味

散步 / 梁实秋

《琅嬛记》云："古之老人，饭后必散步。"好像是散步限于饭后，仅是老人行之，而且盛于古时。现代的我，年纪不大，清晨起来盥洗完毕便提起手杖出门去散步。这好像是不合古法，但我已行之有年，而且同好甚多，不只我一人。

清晨走到空旷处，看东方既白，远山如黛，空气里没有太多的尘埃炊烟混杂在内，可以放心地尽量地深呼吸，这便是一天中难得的享受。据估计："目前一般都市的空气中，灰尘和烟煤的每周降量，平均每平方公里约为五吨，在人烟稠密或工厂林立的地区，有的竟达二十吨之多。"养鱼的都知道要经常为鱼换水，关在城市里的人真是如在火宅，难道还不在每天清早从软暖习气中挣脱出来，服几口清凉散？

散步的去处不一定要是山明水秀之区，如果风景宜人，固然觉得心旷神怡，就是荒村陋巷，也自有它的情趣。一切只要随缘。我从前沿着淡水河边走到萤桥，现在顺着一条马路走到土桥，天天如是，仍然觉得目不暇给。朝露未干时，有蚯蚓、大蜗牛在路边蠕动，没有人伤害它们，在这时候这些小小的生物可以和我们和平共处。也常见有被碾毙的田鸡、野鼠横尸路上，令人触目惊心，想到生死无常。河边蹲踞着三三两两浣衣女，态度并不轻闲，她们的背上兜着垂头瞌睡的小孩子。田畦间伫立着几个庄稼汉，大概是刚拔完萝卜摘过菜。是农家苦，还是农家乐，不大好说。就是从巷弄里面穿行，无意中听到人家里的喁喁絮语，有时也能令人忍俊不住。

六朝人喜欢服五石散，服下去之后五内如焚，浑身发热，必须散步以资宣泄。到唐朝时犹有这种风气。元稹诗"行药步墙阴"，陆龟蒙诗"更拟结茅临水次，偶因行药到村前"。所谓行药，就是服药后的散步。这种散步，我想是不舒服的。肚里面有丹砂、雄黄、白矾之类的东西作怪，必须脚步加快，步出一身大汗，方得畅快。我所谓的散步不这样地紧张，遇到天寒风大，可以缩颈急行，否则亦不妨迈方步，缓缓而行。培根有言："散步利胃。"我的胃口已经太好，不可再利，所以我从不跄跟地趱路。六

第一章
既然生活，就要有滋有味

朝人所谓"风神萧散，望之如神仙中人"，一定不是在行药时的写照。

散步时总得携带一根手杖，手里才觉得不闲得慌。山水画里的人物，凡是跋山涉水的总免不了要有一根邛杖，否则好像是摆不稳当似的。王维诗："策杖村西日斜。"村东日出时也是一样地需要策杖。一杖在手，无须舞动，拖曳就可以了。我的一根手杖，因为在地面摩擦的关系，已较当初短了寸余。手杖有时亦可作为武器，聊备不时之需，因为在街上散步者不仅是人，还有狗。不是夹着尾巴的丧家之狗，也不是循循然汪汪叫的土生土长的狗，而是那种雄赳赳的横眉竖眼、张口伸舌的巨獒，气咻咻地迎面而来，后面还跟着骑脚踏车的扈从，这时节我只得一面退避三舍，一面加力握紧我手里的竹杖。那狗脖子上挂着牌子，当然是纳过税的，还可能是系出名门，自然也有权利出来散步。还好，此外尚未遇见过别的什么猛兽。唐慈藏大师"独静行禅，不避虎兕"，我只有自惭定力不够。

散步不需要伴侣，东望西望没人管，快步慢步由你说，这不但是自由，而且只有在这种时候才特别容易领略到"前不见古人，后不见来者"那种"分段苦"的味道。天覆地载，孑然一身。事实上街道上也不是绝对的阒无一人，策杖而行的不只我一个，而且经常地有很熟的面孔准时准地地出现，还有三五成群的小姑娘，老远地就送来木屐声。天长日久，面孔都熟了，但是谁也不理谁。在外国的小都市，你清早出门，一路上打扫台阶的老太婆总要对你搭讪一两句话，要是在郊外山上，任何人都要彼此脱帽招呼。他们不嫌多事。我有时候发现，一个形容枯槁的老者忽然不见他在街道散步了，第二天也不见，第三天也不见，我真不敢猜想他是到哪里去了。

　　太阳一出山，把人影照得好长，这时候就该往回走。再晚一点便要看到穿蓝条睡衣睡裤的女人们在街上或是河沟里倒垃圾，或者是捧出红泥小火炉在路边呼呼地扇起来，弄得烟气腾腾。尤其是风驰电掣的现代交通工具也要像是猛虎出柙一般地露面了，行人总以回避为宜。所以，散步一定要在清晨。白居易诗："晚来天气好，散步中门前。"要知道白居易住的地方是伊阙，是香山，和我们住的地方不一样。

第一章
既然生活，就要有滋有味

五味 / 汪曾祺

山西人真能吃醋！几个山西人在北京下饭馆，坐定之后，还没有点菜，先把醋瓶子拿过来，每人喝了三调羹醋。邻座的客人直瞪眼。有一年我到太原去，快过春节了。别处过春节，都供应一点好酒，太原的油盐店却都贴出一个条子："供应老陈醋，每户一斤。"这在山西人是大事。

山西人还爱吃酸菜，雁北尤甚。什么都拿来酸，除了萝卜白菜，还包括杨树叶子、榆树钱儿。有人来给姑娘说亲，当妈的先问，那家有几口酸菜缸。酸菜缸多，说明家底子厚。

辽宁人爱吃酸菜白肉火锅。

北京人吃羊肉酸菜汤下杂面。

福建人、广西人爱吃酸笋。我和贾平凹在南宁，不爱吃招待所的饭，到外面瞎吃。平凹一进门，就叫："老友面！""老友面"者，酸笋肉丝氽汤下面也，不知道为什么叫作"老友"。

傣族人也爱吃酸。酸笋炖鸡是名菜。

延庆山里夏天爱吃酸饭。把好好的饭焐酸了，用井拔凉水一和，呼呼地就下去了三碗。

都说苏州菜甜，其实苏州菜只是淡，真正甜的是无锡。无锡炒鳝糊放那么多糖！包子的肉馅里也放很多糖，没法吃！

四川夹沙肉用大片肥猪肉夹了洗沙蒸，广西芋头扣肉用大片肥猪肉夹芋泥蒸，都极甜，很好吃，但我最多只能吃两片。

广东人爱吃甜食。昆明金碧路有一家广东人开的甜品店，卖芝麻糊、绿豆沙，广东同学趋之若鹜。"番薯糖水"即用白薯切块熬的汤，这有什么好喝的呢？广东同学曰："好嘢！"

北方人不是不爱吃甜，只是过去糖难得。我家曾有老保姆，正定乡下人，六十多岁了。她还有个婆婆，八十几了。她有一次要回乡探亲，临行称了两斤白糖，说她的婆婆就爱喝个白糖水。

北京人很保守，过去不知苦瓜为何物，近年有人学会吃了。菜农也有种的了。农贸市场上有很好的苦瓜卖，属于"细菜"，价颇昂。

北京人过去不吃蕹菜，不吃木耳菜，近年也有人爱吃了。

第一章
既然生活，就要有滋有味

北京人在口味上开放了！

北京人过去就知道吃大白菜。由此可见，大白菜主义是可以被打倒的。

北方人初春吃苣荬菜。苣荬菜分甜荬、苦荬，苦荬相当地苦。

有一个贵州的年轻女演员上我们剧团学戏，她的妈妈不远迢迢给她寄来一包东西，是"择耳根"，或名"则尔根"，即鱼腥草。她让我尝了几根。这是什么东西？苦，倒不要紧，它有一股强烈的生鱼腥味，实在招架不了！

剧团有一干部，是写字幕的，有时也管杂务。此人是个吃辣的专家。他每天中午不吃菜，吃辣椒下饭。全国各地的，少数民族的，各种辣椒，他都千方百计地弄来吃。剧团到上海演出，他帮助搞伙食，这下好，不会缺辣椒吃。原以为上海辣椒不好买，他下车第二天就找到一家专卖各种辣椒的铺子。上海人有一些是能吃辣的。

我的吃辣是在昆明练出来的，曾跟几个贵州同学在一起用青辣椒在火上烧烧，蘸盐水下酒。平生所吃辣椒之多矣，什么朝天椒、野山椒，都不在话下。我吃过最辣的辣椒是在越南。一九四七年，由越南转道往上海，在海防街头吃牛肉粉，牛肉极嫩，汤极鲜，辣椒极辣，一碗汤粉，放三四丝辣椒就辣得不行。这种辣椒的颜色是橘黄色的。在川北,听说有一种辣椒本身不能吃,用一根线吊在灶上,汤做得了,把辣椒在汤里涮涮,就辣得不得了。云南佧佤族①有一种辣椒,叫"涮涮辣",与川北吊在灶上的辣椒大概不相上下。

四川不能说是最能吃辣的省份,川菜的特点是辣且麻——搁很多花椒。四川的小面馆的墙壁上黑漆大书三个字:麻辣烫。麻婆豆腐、干煸牛肉丝、棒棒鸡,不放花椒不行。花椒得是川椒,捣碎,菜做好了,最后再放。

周作人说他的家乡整年吃咸极了的咸菜和咸极了的咸鱼,浙东人确实吃得很咸。有个同学,是台州人,到铺子里吃包子,掰开包子就往里倒酱油。口味的咸淡和地域是有关系的。北京人说南甜北咸东辣西酸,大体不错。河北、东北人口重,福建菜多很淡。但这与个人的性格习惯也有关。湖北菜并不咸,但闻一多先生却嫌云南蒙自的菜太淡。

中国人过去对吃盐很讲究,如桃花盐、水晶盐,"吴盐胜雪",现在则全国都吃再制精盐。只有四川人腌咸菜还坚持用自贡产的井盐。

---

① 佤族的旧称。——编者注

第一章
既然生活，就要有滋有味

我不知道世界上还有什么国家的人爱吃臭。

过去上海、南京、汉口都卖油炸臭豆腐干。长沙火宫殿的臭豆腐因为一个大人物年轻时常吃而出名。这位大人物后来还去吃过，说了一句话："火宫殿的臭豆腐还是好吃。"

我们一个同志到南京出差，他的爱人是南京人，嘱咐他带一点臭豆腐干回来。他千方百计，居然办到了。带到火车上，引起一车厢的人强烈抗议。

除豆腐干外，面筋、百叶（千张）皆可臭。蔬菜里的莴苣、冬瓜、豇豆皆可臭。冬笋的老根咬不动，切下来随手就扔进臭坛子里。——我们那里很多人家都有个臭坛子，一坛子"臭卤"。腌芥菜挤下的汁放几天即成"臭卤"。臭物中最特殊的是臭苋菜秆。苋菜长老了，主茎可粗如拇指，高三四尺，截成二寸许小段，入臭坛。臭熟后，外皮是硬的，里面的芯成果冻状。嚼住一头，一吸，芯肉即入口中。这是佐粥的无上妙品。我们那里叫作"苋菜秸子"，湖南人谓之"苋菜咕"，因为吸起来"咕"的一声。

北京人说的臭豆腐指臭豆腐乳。过去是小贩沿街叫卖的："臭豆腐，酱豆腐，王致和的臭豆腐。"臭豆腐就贴饼子，熬一锅虾米皮白菜汤，好饭！现在王致和的臭豆腐用很大的玻璃方瓶装，很不方便,一瓶一百块,得很长时间才能吃完,而且卖得很贵,成了奢侈品。我很希望这种包装能改进,一器装五块足矣。

我在美国吃过最臭的"气死"(干酪),洋人多闻之掩鼻,对我说起来实在没有什么,比臭豆腐差远了。

甚矣,中国人口味之杂也,敢说堪为世界之冠。

第一章
既然生活，就要有滋有味

闲居 / 丰子恺

闲居，在生活上人都说是不幸的，但在情趣上我觉得是最快适的了。假如国民政府新定一条法律——"闲居必须整天禁锢在自己的房间里"，我也不愿出去干事，宁可闲居而被禁锢。

在房间里很可以自由取乐。如果把房间当作一幅画看的时候，其布置就如画的"置陈"了。譬如书房，主人的座位为全局的主眼，犹之一幅画中的middle point（正中点），须居全幅中最重要的地位。其他自书架、几、椅、藤床、火炉、壁饰、自鸣钟，以至痰盂、纸篓等，各以主眼为中心而布置，使全局的焦点集中于主人的座位，犹之画中的附属物、背景，均须有护卫主物、显衬主物的作用。这样妥帖之后，人在里面，精神自然安定、集中，而快适。这是谁都懂得，谁都可以自由取乐的事。虽然有的人不讲究自己的房间的布置,然走进一间布置很妥帖的房间,一定谁也觉得快适。这可见人都会鉴赏,鉴赏就是被动的创作,故可说这是谁也懂得,谁也可以自由取乐的事。

我在贫乏而粗末的自己的书房里,常常欢喜作这个玩意儿。把几件粗陋的家具搬来搬去,一月中总要搬数回。搬到痰盂不能移动一寸,脸盆架子不能旋转一度的时候,便有很妥帖的位置出现了。那时候,我自己坐在主眼的座上,环视上下四周,君临一切,觉得一切都朝宗于我,一切都为我尽其职司,如百官之朝天、众星之拱北辰。就是墙上一只很小的钉,望去也似乎居相当的位置,对全体为有机的一员,对我尽专任的职司。我统御这个天下,想象南面王的气概,得到几天的快适。

有一次,我闲居在自己的房间里,曾经对自鸣钟寻了一回开心。自鸣钟这个东西,在都会里差不多可说是无处不有、无人不备的了。然而,它这张脸皮,我看惯了,真讨厌得很。罗马字的还算好看;我房间里的一只,又是粗大的数学码子的。数学的九个字,我见了最头痛,谁愿意每天做数学呢!有一天,大概是闲日月中的闲日,我就从墙壁上请它下来,拿油画颜料把它的脸皮涂成天蓝色,在上面画几根绿的杨柳枝,又用硬的黑纸剪成两只飞燕,用糨糊粘住在两只针的尖头上。这样一来,就变成了两只燕子飞逐在

第一章
既然生活，就要有滋有味

杨柳中间的一幅圆额的油画了。凡在三点二十几分、八点三十几分等时候，画的构图就非常妥帖，因为两只飞燕适在全幅中稍偏的位置，而且追随在一块，画面就保住均衡了。辨识时间，没有数目字也是很容易的：针向上垂直为十二时，向下垂直为六时，向左水平为九时，向右水平为三时。这就是把圆周分为四个quarter（一刻钟），是肉眼也很容易办到的事。一个quarter里面平分为三格，就得长针五分钟的距离了，虽不十分容易正确，然相差至多不过一两分钟，只要不是天文台、电报局或火车站里，人家家里上下一两分钟本来是不要紧的。倘眼睛锐利一点，看惯之后，其实半分钟也是可以分明辨出的。这自鸣钟现在还挂在我的房间里，虽然惯用之后不甚新颖了，然终不觉得讨厌，因为它在壁上不是显明的实用的一只自鸣钟，而可以冒充一幅油画。

　　除了空间以外，闲居的时候我又欢喜把一天的生活的情调来比方音乐。如果把一天的生活当作一个乐曲，其经过就像乐章的移行（movement）了。一天的早晨，晴雨如何？冷暖如何？人事的情形如何？犹之第一乐章的开始，先已奏出全曲的根柢的"主题"（theme）。一天的生活，例如事务的纷忙、意外的发生、祸福的临门，犹如曲中的长音阶变为短音阶的，C调变为F调，adagio（慢板）变为allegro（快板）。其或昼永人闲，平安无事，那就像始终C调的andante（行板）的长大的乐章了。以气候而论，春日是孟檀尔伸（Mendelssohn，门德尔松），夏日是裴德芬（Beethoven，贝多芬），秋日是晓邦（Chopin，肖邦）、修芒（Schumann，舒曼），冬日是修斐尔德（Schubert，舒伯特）。这也是谁也可以感到，谁也可以懂得的事。试看无论什么机关里、团体里，做无论什么事务的人，在阴雨的天气，办事一定不及在晴天的起劲、高兴、积极。如果有不论天气，天天照常办事的人，这一定不是人，是一架机器。只要看挑到我们后门头来卖臭豆腐干的江北人，近来秋雨连日，他的叫声自然懒洋洋地低钝起来，远不如一月以前的炎阳下的"臭豆腐干！"的热辣了。

第一章
既然生活，就要有滋有味

萝卜与白薯 / 周作人

中国人吃的菜蔬的种类，在世界上大概可以算是最多的了。历史长固然是一个原因，但古人所吃的有许多东西，如蘋藻薇蕨，现今小菜场上都已不见，而古无今有的另外添进去了不少，大抵重要的原因还是在于中国的调烹法的特殊，各式的植物茎叶他都可以煮了放在碗里，用筷子夹了吃，这用在西洋料理上往往是没办法办的。

这些菜蔬中间，我觉得顶有意思的是萝卜与白薯。这两样东西都是大块头，不但是吃起来便利，而且也实在有用场。明人王象晋称萝卜可生可熟，可菹可齑，可酱可豉，可醋可糖，可腊，乃蔬之最有益者。徐玄扈说甘薯有十二胜，话太长了，简约起来可以说是易种，多收，味甘，生熟可食，可干藏，可酿酒。具体地说，我最爱的和尚吃的那种大块萝卜炖豆腐,其次是乡间戏台下的萝卜丝饼以及南京腌萝卜鲞,至于白薯自然煮的烤的都好,但是我记得那玉米面糊里加红番薯,那是台州老百姓通年吃了借以活命的东西,小时候跟了台州的女用人吃过多少回,觉得至今不能忘却。

希望将来人人可以吃到猪排牛排和白面包,自然是很好,我们要去努力,可是在这时候能吃苦也极重要。我想假使天天能够吃饱玉米面和白薯,加上萝卜鲞几片,已经很可满足,而一天里所要做的事只是看看书,把思想搞通点,写篇小文章,反省一下,觉得真如东坡在临皋亭所说,惭愧惭愧。

第一章
既然生活，就要有滋有味

养花 / 老舍

  我爱花，所以也爱养花。我可还没成为养花专家，因为没有工夫去研究和试验。我只把养花当作生活中的一种乐趣，花开得大小好坏都不计较，只要开花，我就高兴。在我的小院子里，一到夏天，满是花草，小猫只好上房去玩，地上没有它们的运动场。

  花虽然多，但是没有奇花异草。珍贵的花草不易养活，看着一棵好花生病要死，是件难过的事。北京的气候，对养花来说不算很好，冬天冷，春天多风，夏天不是干旱就是大雨倾盆，秋天最好，可是会忽然闹霜冻。在这种气候里，想把南方的好花养活，我还没有那么大的本事。因此，我只养些好种易活、自己会奋斗的花草。

  不过，尽管花草自己会奋斗，我若是置之不理，任其自生自灭，大半还是会死的。我得天天照管它们，像好朋友似的关心它们。一来二去，我摸着一些门道：有的喜阴，就别放在太阳地里；有的喜干，就别多浇水。摸着门道，花草养活了，而且三年五载老活着，开花，多么有意思啊！不是乱吹，这就是知识呀！多得些知识，一定不是坏事。

我不是有腿病吗，不但不利于行，也不利于久坐。我不知道花草们受我的照顾，感谢我不感谢；我可得感谢它们。在我工作的时候，我总是写几十个字，就到院里去看看，浇浇这棵，搬搬那盆，然后回到屋中再写一点，然后再出去，如此循环，让脑力劳动和体力劳动结合到一起，有益身心，胜于吃药。要是赶上狂风暴雨或天气突变，就得全家动员，抢救花草，十分紧张。几百盆花，都要很快地抢到屋里去，使人腰酸腿疼，热汗直流。第二天，天气好了，又得把花都搬出去，就又一次腰酸腿疼，热汗直流。可是，这多么有意思呀！不劳动，连棵花也养不活，这难道不是真理吗？

送牛奶的同志，进门就夸"好香"！这使我们全家都感到骄傲。赶到昙花开放的时候，约几位朋友来看看，更有秉烛夜游的味道——昙花总在夜里开放。花分根了，一棵分为几棵，就赠给朋友们一些。看着友人拿走自己的劳动果实，心里自然特别欢喜。

当然，也有伤心的时候，今年夏天就有这么一回。三百棵菊秧还在地上（没到移入盆中的时候），下了暴雨，邻家的墙倒了，菊秧被砸死三十多种、一百多棵。全家人几天都没有笑容。

　　有喜有忧，有笑有泪，有花有果，有香有色，既须劳动，又长见识，这就是养花的乐趣。

下棋 / 梁实秋

有一种人我最不喜欢和他下棋,那便是太有涵养的人。杀死他一大块,或是抽了他一个车,他神色自若,不动火,不生气,好像是无关痛痒,使你觉得索然寡味。君子无所争,下棋却是要争的。当你给对方一个严重威胁的时候,对方的头上青筋暴露,黄豆般的汗珠一颗颗地在额上陈列出来,或哭丧着脸作惨笑,或咕嘟着嘴作吃屎状,或抓耳挠腮,或大叫一声,或长吁短叹,或自怨自艾口中念念有词,或一串串的噎嗝打个不休,或红头涨脸如关公,种种现象,不一而足,这时节你"行有余力"便可以点起一支烟,或啜一碗茶,静静地欣赏对方的苦闷的象征。我想猎人追逐一只野兔的时候,其愉快大概略相仿佛。因此我悟出一点道理,和人下棋的时候,如果有机会使对方受窘,当然无所不用其极,如果被对方所

第一章
既然生活，就要有滋有味

窘，便努力做出不介意状，因为既然不能积极地给对方以苦痛，只好消极地减少对方的乐趣。

自古博弈并称，全是属于赌的一类，而且只是比"饱食终日无所用心"略胜一筹而已。不过弈虽小术，亦可以观人，相传有慢性人，见对方走当头炮，便左思右想，不知是跳左边的马好，还是跳右边的马好，想了半个钟头而迟迟不决，急得对方只好拱手认输。是有这样的慢性人，每一着都要考虑，而且是加慢地考虑。我常想，这种人如加入龟兔竞赛，也必定可以获胜。也有性急的人，下棋如赛跑，噼噼啪啪，草草了事，这仍旧是饱食终日无所用心的一贯作风。下棋不能无争，争的范围有大有小，有斤斤计较而因小失大者，有不拘小节而眼观全局者，有短兵相接做生死斗者，有各自为战而旗鼓相当者，有赶尽杀绝一步不让者，有好勇斗狠同归于尽者，有一面下棋一面诮骂者，但最不幸的是争的范围超出了棋盘而拳足交加。有下象棋者，久而无声音，排闼视之，阒不见人，原来他们是在门后角里扭做一团，一个人骑在另一个人的身上，在他的口里挖车呢。被挖者不敢出声，出声则口张，口张则车被挖回，挖回则必悔棋，悔棋则不得胜，这种认真的态度憨得可爱。我曾见过二人手谈，起先是坐着，神情潇洒，望之如神仙中人，俄而棋势吃紧，两人都站起来了，剑拔弩张，如斗鹌鹑，最后到了生死关头，两个人跳到桌子上去了！

　　笠翁《闲情偶寄》说弈棋不如观棋，因观者无得失心。观棋是有趣的事，如看斗牛、斗鸡、斗蟋蟀一般。但是观棋也有难过处，观棋不语是一种痛苦。喉间硬是痒得出奇，思一吐为快。看见一个人要入陷阱而不作声是几乎不可能的事，如果说得中肯，其中一个人要厌恨你，暗暗地骂你一声"多嘴驴"。另一个人也不感激你，心想："难道我还不晓得这样走！"如果说得不中肯，两个人要一齐嗤之以鼻："无见识奴！"如果根本不说，憋在心里，受病。所以有人于挨了一个耳光之后还要抚着热辣辣的嘴巴大呼："要抽车，要抽车！"

　　下棋只是为了消遣，其所以能使这样多人嗜此不疲者，是因为它颇合人类好斗的本能，这是一种"斗智不斗力"的游戏。所以瓜棚豆架之下，与世无争的村夫野老不免一枰相对，消此永昼；闹市茶寮之中，常有有闲阶级的人士下棋消遣，"不为无益之事，何以遣此有涯之生？"宦海里翻过身最后退隐东山的大人先生们，髀肉复生而英雄无用武之地，也只好闲来对弈，了此残生，下棋全是"剩余精力"的发泄。人总是要斗的，总是要钩心斗角地和人争逐的。与其和人争权夺利，还不如在棋盘上抽上一车。宋人笔记曾载有一段故事："李讷仆射，性卞急，酷尚弈棋，每下子安详，极于

第一章
既然生活，就要有滋有味

宽缓。往往躁怒作，家人辈则密以弈具陈于前。讷睹，便忻然改容，以取其子布弄，都忘其恚矣。"（《南部新书》）。下棋，有没有这样陶冶性情之功，我不敢说，不过有人下起棋来确实是把性命都可置之度外。我有两个朋友下棋，警报作，不动声色，俄而弹落，棋子被震得在盘上跳荡，屋瓦乱飞，其中棋瘾较小者变色而起，被对方一把拉住："你走！那就算是你输了。"此公深得棋中之趣。

风飘果市香 / 张恨水

"已凉天气未寒时",这句话用在江南于今都嫌过早,只有北平的中秋天气,乃是恰合。我于北平中秋的赏识,有些出人意外,乃是根据"老妈妈大会""奶奶经"而来,喜欢夜逛"果子市"。逛果子市的兴趣,第一就是"已凉天气未寒时",第二是找诗意,第三是"起哄",第四是"踏月",直到第五,才是买水果。你愿意让我报告一下吗?

果子市并不专指哪个地方,东单(东单牌楼之简称,下仿此)、西单、东四、西四。东四的隆福寺、西四的白塔寺、北城的新街口、南城的菜市口,临时会有果子市出现。早在阴历十三的那天晚半晌儿,果子摊儿就在这些地方出现了。吃过晚饭,孩子们就嚷着要逛果子市。这事交给他们姥姥或妈妈吧。我们还有

第一章
既然生活，就要有滋有味

三个斗方名士（其实很少写斗方），或穿哔叽西服，或穿薄呢长袍，在微微的西风敲打院子里树叶声中，走出了大门。胡同里的人家白粉墙上涂上了月光，先觉得身心上有一番轻松意味，顺步遛到最近一个果子市，远远地就嗅到一片清芬（仿佛用清香两字都不妥似的）。到了附近，小贩将长短竹竿儿，挑出两三个不带罩子的电灯泡儿，高高低低，好像在街店屋檐外挂了许多水晶球，一片雪亮。在这电光下面，青中透白的鸭儿梨，堆山似的，放在摊案上，红叟叟枣儿、紫的玫瑰葡萄、淡青的牛乳葡萄，用箩筐盛满了，沿街放着。苹果是比较珍贵一点儿的水果，像擦了胭脂的胖娃娃脸蛋子，堆成各种样式，放在蓝布面的桌案上。石榴熟得笑破了口，露出带醉的水晶牙齿，也成堆放在那里。其余是虎拉车（大花红）、山里红（山楂）、海棠果儿，左一簸箕，右一筐子。一堆接着一堆，摆了半里多路。老太太、少奶奶、小姐、孩子们，成群地绕了这些水果摊子，人挤有点儿，但并不嘈杂，因为根本这是轻松的市场。大半边月亮在头上照着，不大的风吹动了女人的鬓发。大家在这环境里斯斯文文地挑水果，小贩子冲着人直乐，很客气地说："这梨又脆又甜，你不称上点儿？"我疑心在君子国。

哪里来的这一阵浓香，我想。呵！上风头，有个花摊子，电灯下一根横索，成串地挂了紫碧葡萄还带了绿叶儿，下面一只水桶，放了成捆的晚香玉和玉簪花，也有些五色马蹄莲。另一只桶，漂上两片嫩荷叶，放着成捆的嫩香莲和红白莲花，最可爱的是一条条的藕，又白又肥，色调配得那样好看。

十点钟了，提了几个大鲜荷叶包儿回去。胡同里月已当顶，土地上像铺了水银。人家院墙里伸出来的树头，留下一丛丛的轻影，面上有点凉飕飕，但身上并不冷。胡同里很少行人，自己听到自己的脚步响，"吁吁呜呜"，不知是哪里送来几句洞箫声。我心里有一首诗，但我捉不住她，她仿佛在半空中。

第一章
既然生活，就要有滋有味

谈酒 / 周作人

这个年头儿，喝酒倒是很有意思的。我虽是京兆人，却生长在东南的海边，是出产酒的有名地方。我的舅父和姑父家里时常做几缸自用的酒，但我终于不知道酒是怎么做法，只觉得所用的大约是糯米，因为儿歌里说："老酒糯米做，吃得变nionio。"——末一字是本地叫猪的俗语。做酒的方法与器具似乎都很简单，只有煮的时候的手法极不容易，非有经验的工人不办，平常做酒的人家大抵聘请一个人来，俗称"酒头工"，以自己不能喝酒者为最上，叫他专管鉴定煮酒的时节。有一个远房亲戚，我们叫他"七斤公公"——他是我舅父的族叔，但是在他家里做短工，所以舅母只叫他作"七斤老"，有时也听见她叫"老七斤"——是这样的酒头工，每年去帮人家做酒。他喜吸旱烟，说玩话，打麻将，但是不大喝酒（海边的人喝一两碗是不算能喝，照市价计算也不值十文钱的酒），所以生意很好，时常跑一二百里路被招到诸暨嵊县去。据他说这实在并不难，只需走到缸边屈着身听，听见里边起泡的声音切切察察的，好像是螃蟹吐沫（儿童称为蟹煮饭）的样子，便拿来煮就得了；早一点酒还未成，迟一点就变酸了。但是怎么是恰好的时期，别人仍不能知道，只有听熟的耳朵才能够断定，正如古董家的眼睛辨别古物一样。

大人家饮酒多用酒盅，以表示其斯文，实在是不对的。正当的喝法是用一种酒碗，浅而大，底有高足，可以说是古已有之的香槟杯。平常起码总是两碗，合一"串筒"，价值似是六文一碗。串筒略如倒写的凸字，上下部如一与三之比，以洋铁为之，无盖无嘴，可倒而不可筛，据好酒家说酒以倒为正宗，筛出来的不大好吃。唯酒保好于量酒之前先"荡"（置水于器内，摇荡而洗涤之谓）串筒，荡后往往将清水之一部分留在筒内。客嫌酒淡，常起争执，故喝酒老手必先戒堂倌勿荡串筒，并监视其量好放在温酒架上。能饮者多索竹叶青，通称曰"本色"；"元红"系状元红之略，则着色者，唯外行人喜饮之。在外省有所谓花雕者，唯本地酒店中却没有这样东西。相传昔时人家生女，则酿酒贮花雕（一种有花纹的酒坛）中，至女儿出嫁时用以饷客，但此风今已不存，嫁女

第一章
既然生活，就要有滋有味

时偶用花雕，也只临时买元红充数，饮者不以为珍品。有些喝酒的人预备家酿，却有极好的，每年做醇酒若干坛，按次第埋园中，二十年后掘取，即每岁皆得饮二十年陈的老酒了。此种陈酒例不发售，故无处可买，我只有一回在旧日业师家里喝过这样好酒，至今还不曾忘记。

我既是酒乡的一个土著，又这样地喜欢谈酒，好像一定是个与"三酉"结不解缘的酒徒了。其实却大不然。我的父亲是很能喝酒的，我不知道他可以喝多少，只记得他每晚用花生米、水果等下酒，且喝且谈天，至少要花费两点钟，恐怕所喝的酒一定很不少了。但我却是不肖，不，或者可以说有志未逮，因为我很喜欢喝酒而不会喝，所以每逢酒宴我总是第一个醉与脸红的。自从辛酉患病后，医生叫我喝酒以代药饵，定量是勃阑地每回二十格阑姆，葡萄酒与老酒等倍之，六年以后酒量一点没有进步，到现在只要喝下一百格阑姆的花雕，便立刻变成关夫子了。有些有不醉之量的、愈饮愈是脸白的朋友，我觉得非常可以欣羡，只可惜他们愈能喝酒便愈不肯喝酒，好像是美人之不肯显示她的颜色，这实在是太不应该了。

黄酒比较地便宜一点，所以觉得时常可以买喝，其实别的酒也未尝不好。白干于我未免过凶一点，我喝了常怕口腔内要起泡，山西的汾酒与北京的莲花白虽然可喝少许，也总觉得不很和善。日本的清酒我颇喜欢，只是仿佛新酒模样，味道不很静定。蒲桃酒与橙皮酒都很可口，但我以为最好的还是勃阑地。我觉得西洋人不很能够了解茶的趣味，至于酒则很有功夫，决不下于中国。天天喝洋酒当然是一个大的漏卮，正如吸烟卷一般，但不必一定进国货党，咬定牙根要抽净丝，随便喝一点什么酒其实都是无所不可的，至少是我个人这样地想。

喝酒的趣味在什么地方？这个我恐怕有点说不明白。有人说，酒的乐趣是在醉后的陶然的境界。但我不很了解这个境界是怎样的，因为我自饮酒以来似乎不大陶然过，不知怎的我的醉大抵都只是生理的，而不是精神的陶醉。所以照我说来，酒的趣味只是在饮的时候，我想悦乐大抵在做的这一刹那，倘若说是陶然，那也当是杯在口的一刻吧。醉了，困倦了，或者应当休息一会儿，也是很安舒的，却未必能说酒的真趣是在此间。昏迷、梦魇、呓语，或是忘却现世忧患之一法门；其实这也是有限的，倒还不如把宇宙性命都投在一口美酒里的耽溺之力还要强大。我喝着酒，一面也怀着"杞天之虑"，生恐强硬的礼教反动之后将引起颓废的风气，结果是借醇酒妇人以避礼教的迫害，沙宁（Sanin）时代的出现不是不可能的。但是，或者在中国什么运动都未必彻底成功，青年的反拨

第一章
既然生活，就要有滋有味

力也未必怎么强盛，那么杞天终于只是杞天，仍旧能够让我们喝一口非耽溺的酒也未可知。倘若如此，那时喝酒又一定另外觉得很有意思了吧？

北京的春节 / 老舍

按照北京的老规矩,过农历的新年(春节),差不多在腊月的初旬就开头了。"腊七腊八,冻死寒鸦",这是一年里最冷的时候。可是,到了严冬,不久便是春天,所以人们并不因为寒冷而减少过年与迎春的热情。

在腊八那天,人家里、寺观里,都熬腊八粥。这种特制的粥是祭祖祭神的,可是细一想,它倒是农业社会的一种自傲的表现——这种粥是用所有的各种的米、各种的豆,与各种的干果(杏仁、核桃仁、瓜子、荔枝肉、莲子、花生米、葡萄干、菱角米……)熬成的。这不是粥,而是小型的农业展览会。

腊八这天还要泡腊八蒜。把蒜瓣在这天放到高醋里,封起来,为过年吃饺子用的。到年底,蒜泡得色如翡翠,而醋也有了些辣

第一章
既然生活，就要有滋有味

味，色味双美，使人要多吃几个饺子。在北京，过年时，家家吃饺子。

从腊八起，铺户中就加紧地上年货，街上加多了货摊子——卖春联的、卖年画的、卖蜜供的、卖水仙花的，等等，都是只在这一季节才会出现的。这些赶年的摊子都让儿童们的心跳得特别快一些。在胡同里，吆喝的声音也比平时更多更复杂起来，其中也有仅在腊月才出现的，像卖历书的、松枝的、薏仁米的、年糕的，等等。

在有皇帝的时候，学童们到腊月十九就不上学了，放年假一月。儿童们准备过年，差不多第一件事是买杂拌儿。这是用各种干果（花生、胶枣、榛子、栗子等）与蜜饯掺和成的，普通的带皮，高级的没有皮——例如：普通的用带皮的榛子，高级的用榛瓤儿。儿童们喜吃这些零七八碎儿，即使没有饺子吃，也必须买杂拌儿。他们的第二件大事是买爆竹，特别是男孩子们。恐怕第三件事才是买玩意儿——风筝、空竹、口琴等——和年画儿。

儿童们忙乱，大人们也紧张。他们须预备过年吃的使的喝的一切。他们也必须给儿童赶做新鞋新衣，好在新年时显出万象更新的气象。

二十三过小年，差不多就是过新年的"彩排"。在旧社会里，这天晚上家家祭灶王,从一擦黑儿鞭炮就响起来,随着炮声把灶王的纸像焚化,美其名叫送灶王上天。在前几天,街上就有多多少少卖麦芽糖与江米糖的,糖形或为长方块或为大小瓜形。按旧日的说法:有糖粘住灶王的嘴,他到了天上就不会向玉皇报告家庭中的坏事了。现在,还有卖糖的,但是只由大家享用,并不再粘灶王的嘴了。

过了二十三,大家就更忙起来,新年眨眼就到了啊。在除夕以前,家家必须把春联贴好,必须大扫除一次,名曰扫房。必须把肉、鸡、鱼、青菜、年糕什么的都预备充足,至少足够吃用一个星期的——按老习惯,铺户多数关五天门,到正月初六才开张。假若不预备下几天的吃食,临时不容易补充。还有,旧社会里的老妈妈们,讲究在除夕把一切该切出来的东西都切出来,省得在正月初一到初五再动刀,动刀剪是不吉利的。这含有迷信的意思。不过它也表现了我们确是爱和平的人,在一岁之首连切菜刀都不愿动一动。

除夕真热闹。家家赶做年菜,到处是酒肉的香味。老少男女都穿起新衣,门外贴好红红的对联,屋里贴好各色的年画,哪一家都灯火通宵,不许间断,炮声日夜不绝。在外边做事的人,除非万不得已,必定赶回家来,吃团圆饭,祭祖。这一夜,除了很小的孩

第一章
既然生活，就要有滋有味

子，没有什么人睡觉，而都要守岁。

元旦的光景与除夕截然不同：除夕，街上挤满了人；元旦，铺户都上着板子，门前堆着昨夜燃放的爆竹纸皮，全城都在休息。

男人们在午前就出动，到亲戚家、朋友家去拜年。女人们在家中接待客人。同时，城内城外有许多寺院开放，任人游览，小贩们在庙外摆摊，卖茶、食品和各种玩具。北城外的大钟寺、西城外的白云观、南城的火神庙（厂甸）是最有名的。可是，开庙最初的两三天，并不十分热闹，因为人们还正忙着彼此贺年，无暇及此。到了初五六，庙会开始风光起来，小孩们特别热心去逛，为的是到城外看看野景，可以骑毛驴，还能买到那些新年特有的玩具。白云观外的广场上有赛轿车赛马的；在老年间，据说还有赛骆驼的。这些比赛并不争取谁第一谁第二，而是在观众面前表演骡马与骑者的美好姿态与技能。

多数铺户在初六开张，又放鞭炮，从黎明到清早，全城鞭炮声不绝。虽然开了张，可是除了卖吃食与其他重要日用品的铺子，大家并不很忙，铺中的伙计们还可以轮流着去逛庙、逛天桥和听戏。

元宵（汤圆）上市，新年的又一个高潮到了——元宵节（从正月十三到十七）。除夕是热闹的，可是没有月光；元宵节呢，恰好是明月当空。元旦是体面的,家家门前贴着鲜红的春联,人们穿着新衣裳,可是它还不够美;元宵节,处处悬灯结彩,整条大街像是办喜事,火炽而美丽。有名的老铺都要挂出几百盏灯来,有的一律是玻璃的,有的清一色是牛角的,有的都是纱灯;有的通通彩绘《红楼梦》或《水浒传》故事,有的图案各式各样。这在当年,也就是一种广告。灯一悬起,任何人都可以进到铺中参观;晚间灯中都点上蜡烛,观者就更多。这广告可不庸俗。干果店在灯节还要做一批杂拌儿生意,所以每每独出心裁,制成各样的冰灯,或用麦苗做成一两条碧绿的长龙,把顾客招来。

除了悬灯,广场上还放花盒。在城隍庙里并且燃起火判,火舌由判官的泥像的口、耳、鼻、眼中伸吐出来。公园里放起天灯,像巨星似的飞到天空。

男男女女都出来踏月、看灯、看焰火,街上的人拥挤不动。在旧社会里,女人们轻易不出门,她们可以在灯节里得到些自由。

小孩子们买各种花炮燃放,即使不跑到街上去淘气,在家中也照样能有声有光地玩耍。家中也有灯:走马灯——原始的电影——宫灯、各形各色的纸灯,还有纱灯,里面有小铃,到时候就叮叮地响。大家还必须吃汤圆呀。这的确是美好快乐的日子。

一眨眼,到了残灯末庙,学生该去上学,大人又去照常做事,

第一章
既然生活，就要有滋有味

新年在正月十九结束了。腊月和正月，在农村社会里正是大家最闲在的时候，而猪牛羊等也正长成，所以大家要杀猪宰羊，酬劳一年的辛苦。过了灯节，天气转暖，大家就又去忙着干活了。北京虽是城市，可是它也跟着农村社会一齐过年，而且过得分外热闹。

在旧社会里，过年是与迷信分不开的。腊八粥、关东糖、除夕的饺子，都须先去供佛，而后人们再享用。除夕要接神；大年初二要祭财神，吃元宝汤（馄饨），而且有的人要到财神庙去借纸元宝，抢烧头股香。正月初八要给老人们顺星、祈寿。因此那时候最大的一笔浪费是买香蜡纸马的钱。现在，大家都不迷信了，也就省下这笔开销，用到有用的地方去。特别值得提到的是现在的儿童只快活地过年，而不受那迷信的熏染，他们只有快乐，而没有恐惧——怕神怕鬼。也许，现在过年没有以前那么热闹了，可是多么清醒健康呢。以前，人们过年是托神鬼的庇佑，现在是大家劳动终岁，大家也应当快乐地过年。

> 生活给了我一拳，
> 但我出的是布

看花 / 朱自清

　　生长在大江北岸一个城市里，那儿的园林本是著名的，但近来却很少；似乎自幼就不曾听见过"我们今天看花去"一类话，可见花事是不盛的。有些爱花的人，大都只是将花栽在盆里，一盆盆搁在架上，架子横放在院子里。院子照例是小小的，只够放下一个架子；架上至多搁二十多盆花罢了。有时院子里依墙筑起一座"花台"，台上种一株开花的树；也有在院子里地上种的。但这只是普通的点缀，不算是爱花。

　　家里人似乎都不甚爱花；父亲只在领我们上街时，偶然和我们到"花房"里去过一两回。但我们住过一所房子，有一座小花园，是房东家的。那里有树，有花架（大约是紫藤花架之类），但我当时还小，不知道那些花木的名字，只记得爬在墙上的是蔷薇

第一章
既然生活，就要有滋有味

而已。园中还有一座太湖石堆成的洞门；现在想来，似乎也还好的。在那时由一个顽皮的少年仆人领了我去，却只知道跑来跑去捉蝴蝶；有时掐下几朵花，也只是随意揉弄着，随意丢弃了。至于领略花的趣味，那是以后的事。夏天的早晨，我们那地方有乡下的姑娘在各处街巷，沿门叫着"卖栀子花来"。栀子花不是什么高品，但我喜欢那白而晕黄的颜色和那肥肥的个儿，正和那些卖花的姑娘有着相似的韵味。栀子花的香，浓而不烈，清而不淡，也是我乐意的。我这样便爱起花来了。也许有人会问："你爱的不是花吧？"这个我自己其实也已不大弄得清楚，只好存而不论了。

在高小的一个春天，有人提议到城外F寺里吃桃子去，而且预备白吃；不让吃就闹一场，甚至打一架也不在乎。那时虽远在五四运动以前，但我们那里的中学生却常有打进戏园看白戏的事。中学生能白看戏，小学生为什么不能白吃桃子呢？我们都这样想，便由那提议人纠合了十几个同学，浩浩荡荡向城外而去。到了F寺，气势不凡地呵叱着"道人"们（我们称寺里的工人为道人），立刻领我们向桃园里去。"道人"们踌躇着说："现在桃树刚才开花呢。"但是谁信"道人"们的话？我们终于到了桃园里，大家都丧了气，原来花是真开着呢！这时，提议人P君便去折花。"道人"们是一直步步跟着的，立刻上前劝阻，而且用起手来。但P君是我们中最不好惹的,"说时迟,那时快",一眨眼,花在他的手里,"道人"已踉跄在一旁了。那一园子的桃花,想来总该有些可看;我们却谁也没有想着去看,只嚷着:"没有桃子,得沏茶喝!""道人"们满肚子委屈地引我们到"方丈"里,大家各喝一大杯茶,这才平了气,谈谈笑笑地进城去。大概我那时还只懂得爱一朵朵的栀子花,对于开在树上的桃花,是并不了然的,所以眼前的机会,便从眼前错过了。

以后,渐渐念了些看花的诗,觉得看花颇有些意思。但到北平读了几年书,却只到过崇效寺一次;而去得又嫌早些,那有名的一株绿牡丹还未开呢。北平看花的事很盛,看花的地方也很多;但那时,热闹的似乎也只有一班诗人名士,其余还是不相干的。那正是新文学运动的起头,我们这些少年,对于旧诗和那一班诗人名士,实在有些不敬;而看花的地方又都远不可言,我是一个懒人,便干脆地断了那条心了。后来到杭州做事,遇见了Y君,他是新诗人兼旧诗人,看花的兴致很好。我和他常到孤山去看梅花。孤山的梅花是古今有名的,但太少,又没有临水的,人也太多。有一回坐在放鹤亭上喝茶,来了一个方面有须、穿着花缎马褂的人,用湖南口音和人打招呼道:"梅花盛开嗒!""盛"字说得特别重,使我吃了一惊。但我吃惊的,也只是说在他嘴里"盛"这个声

第一章
既然生活，就要有滋有味

音罢了，花的盛不盛，在我倒并没有什么的。

有一回，Y来说，灵峰寺有三百株梅花；寺在山里，去的人也少。我和Y，还有N君，从西湖边雇船到岳坟，从岳坟入山。曲曲折折走了好一会，又上了许多石级，才到山上寺里。寺甚小，梅花便在大殿西边园中。园也不大，东墙下有三间净室，最宜喝茶看花；北边有座小山，山上有亭，大约叫"望海亭"吧，望海是未必，但钱塘江与西湖是看得见的。梅树确是不少，密密地低低地整列着。那时已是黄昏，寺里只我们三个游人；梅花并没有开，但那珍珠似的繁星似的骨朵儿，已经够可爱了；我们都觉得比孤山上盛开时有味。大殿上正做晚课，送来梵呗的声音，和着梅林中的暗香，真叫我们舍不得回去。在园里徘徊了一会，又在屋里坐了一会，天是黑定了，又没有月色，我们向庙里要了一个旧灯笼，照着下山。路上几乎迷了道，又两次三番地被狗咬；我们的Y诗人确有些窘了，但终于到了岳坟。船夫远远迎上来道："你们来了，我想你们不会冤我呢！"在船上，我们还不离口地说着灵峰的梅花，直到湖边电灯光照到我们的眼。

Y回北平去了，我也到了白马湖。那边是乡下，只有沿湖与杨柳相间着种了一行小桃树，春天花发时，在风里娇媚地笑着。还有山里的杜鹃花也不少。这些日日在我们眼前，从没有人煞有介事地提议："我们看花去。"但有一位S君,却特别爱养花;他家里几乎是终年不离花的。我们上他家去,总看他在那里不是拿着剪刀修理枝叶,便是提着壶浇水。我们常乐意看着。他院子里一株紫薇花很好,我们在花旁喝酒,不知多少次。白马湖住了不过一年,我却传染了他那爱花的嗜好。但重到北平时,住在花事很盛的清华园里,接连过了三个春,却从未想到去看一回。只在第二年秋天,曾经和孙三先生在园里看过几次菊花。"清华园之菊"是著名的,孙三先生还特地写了一篇文,画了好些画。但那种一盆一杆一花的养法,花是好了,总觉没有天然的风趣。直到去年春天,有了些余闲,在花开前,先向人问了些花的名字。一个好朋友是从知道姓名起的,我想,看花也正是如此。恰好Y君也常来园中,我们一天三四趟地到那些花下去徘徊。今年,Y君忙些,我便一个人去。我爱繁花老干的杏、临风婀娜的小红桃、贴梗累累如珠的紫荆,但最恋恋的是西府海棠。海棠的花繁得好,也淡得好;艳极了,却没有一丝荡意。疏疏的高干子,英气隐隐逼人。可惜没有趁着月色看过。王鹏运有两句词道:"只愁淡月朦胧影,难验微波上下潮。"我想,月下的海棠花,大约便是这种光景吧。为了海棠,前两天在城里特地冒了大风到中山公园去,看花的人倒也不少;但不知怎的,却忘了畿辅先哲祠。Y告我,那里的一株,遮住了大半个

第一章
既然生活，就要有滋有味

院子；别处的都向上长，这一株却是横里伸张的。花的繁，没有法说；海棠本无香，昔人常以为恨，这里花太繁了，却酝酿出一种淡淡的香气，使人久闻不倦。Y告我，正是刮了一日还不息的狂风的晚上；他是前一天去的。他说他去时，地上已有落花了，这一日一夜的风，准完了。他说北平看花，是要赶着看的：春光太短了，又晴的日子多；今年算是有阴的日子了，但狂风还是逃不了的。我说北平看花，比别处有意思，也正在此。这时候，我似乎不甚菲薄那一班诗人名士了。

吃菜 / 周作人

偶然看书讲到民间邪教的地方,总常有吃菜事魔等字样。吃菜大约就是素食,事魔是什么事呢?总是服侍什么魔王之类吧。我们知道希腊诸神到了基督教世界多转变为魔,那么魔有些原来也是有身份的,并不一定怎么邪曲,不过随便地事也本可不必,虽然光是吃菜未始不可以,而且说起来我也还有点赞成。本来草的茎叶根实只要无毒都可以吃,又因为有维他命某,不但充饥还可养生,这是普通人所熟知的,至于专门地或有宗旨地吃,那便有点儿不同,仿佛是一种主义。现在我所想要说的就是这种吃菜主义。

吃菜主义似乎可以分作两类。第一类是道德的。这派的人并不是不吃肉,只是多吃菜,其原因大约是崇尚素朴清淡的生活。孔子云:"饭疏食,饮水,曲肱而枕之,乐亦在其中矣。"可以说是这派的祖师。《南齐书·周颙传》云:"颙清贫寡欲,终日长蔬食。文惠太子问颙菜食何味最胜。颙曰:'春初早韭,秋末晚菘。'"黄山谷题画菜云:"不可使士大夫不知此味,不可使天下之民有此色。"——当作文章来看实在不很高明,大有帖括的意味,但如算作这派提倡咬菜根的标语却是颇得要领的。李笠翁在《闲情偶寄》卷五说:

声音之道,丝不如竹,竹不如肉,为其渐近自然。吾谓饮食之道,脍不如肉,肉不如蔬,亦以其渐近自然也。草衣木食,上古之风,人能疏远肥腻,食蔬蕨而甘之,腹中菜园不使羊来踏破,是犹作羲皇之民,鼓唐虞之腹,与崇尚古玩同一致也。所怪于世者,弃美名不居,而故异端其说,谓佛法如是,是则谬矣。吾辑《饮馔》一卷,后肉食而首蔬菜,一以崇俭,一以复古,至重宰割而惜生命,又其念兹在兹而不忍或忘者矣。

笠翁照例有他的妙语,这里也是如此,说得很是清脆。虽然照文化史上讲来吃肉该在吃菜之先,不过笠翁不及知道,而且他又哪里会来斤斤地考究这些事情呢。

吃菜主义之二是宗教的,普通多是根据佛法,即笠翁所谓异端其说者也。我觉得这两类显有不同之点，其一吃菜只是吃菜，其二吃菜乃是不食肉。笠翁上文说得蛮好，而下面所说念兹在兹的却又混到这边来，不免与佛法发生纠葛了。小乘律有杀戒而不戒食肉，盖杀生而食已在戒中，唯自死鸟残等肉仍在不禁之列。至大乘律始明定食肉戒，如《梵网经》菩萨戒中所举，其辞曰："若佛子故食肉，一切众生肉不得食。夫食肉者，断大慈悲佛性种子，一切众生见而舍去。是故一切菩萨不得食一切众生肉，食肉得无量罪，若故食者，犯轻垢罪。"贤首疏云："轻垢者，简前重戒，是以名轻，简异无犯，故亦名垢。又释，黩污清净行名垢，体非重过称轻。"因为这里没有把杀生算在内，所以算是轻戒。但话虽如此，据《目莲问罪报经》所说，犯突吉罗众学戒罪，如四天王寿，五百岁堕泥犁中，于人间数九百千岁，此堕等活地狱，人间五十年为一昼夜，可见还是不得了也。

我读《旧约·利未记》，再看大小乘律，觉得其中所说的话要合理得多，而上边食肉戒的措辞我尤为喜欢，实在明智通达，古今莫及。《入楞伽经》所论虽然详细，但仍多为粗恶凡人说法，道世在《诸经要集》中酒肉部所述亦复如是，不要说别人了。后来讲戒杀的大抵偏重因果一端，写得较好的还是莲池的《放生文》和周安士的《万善先资》，文字还有可取，其次《好生救劫编》《卫生集》等,自邠以下更可以不论,里边的意思总都是人吃了虾米再变虾米去还吃这一套,虽然也好玩,难免是幼稚了。我以为菜食是为了不食肉,不食肉是为了不杀生,这是对的,再说为什么不杀生,那么这个解释我想还是说不欲断大慈悲佛性种子最为得体,别的总说得支离。众生有一人不得度的时候自己决不先得度,这固然是大乘菩萨的弘愿,但凡夫到了中年,往往会看轻自己的生命而尊重人家的,并不是怎么奇特的现象。难道肉体渐近老衰,精神也就与宗教接近么?未必然,这种态度有的从宗教出,有的也会从唯物论出的。或者有人疑心唯物论者一定是主张强食弱肉的,却不知道也可以成为大慈悲宗,好像是《安士全书》信者,所不同的他是本于理性,没有人吃虾米那些律例而已。

据我看来,吃菜亦复佳,但也以中庸为妙,赤米白盐绿葵紫蓼之外,偶然也不妨少进三净肉,如要讲净素已不容易,再要彻底便有碰壁的危险。《南齐书·孝义传》记江泌事,说他"食菜不食心,以其有生意也。"觉得这件事很有风趣,但是离彻底总还远呢。英国柏忒勒(Samuel Butler)所著《有何无之乡游记》(*Erewhon*)中第二十六七章叙述一件很妙的故事。前章题曰《动物权》,说古代有哲人主张动物的生存权,人民实行菜食,当初许可吃牛乳鸡蛋,后来觉得挤牛乳有损于小牛,鸡蛋也是一条可能的生命,所以都禁了,但陈鸡蛋还勉强可以使用,只要经过检查,证明确已陈年臭坏了,贴上一张"三个月以前所生"的查票,就可发卖。次章题曰《植物权》,已是六七百年过后的事了,那时又出了一个哲学家,他用实验证明植物也同动物一样地有生命,所以也不能吃,据他的意思,人可以吃的只有那些自死的植物,例如落在地上将要腐烂的果子,或在深秋变黄了的菜叶。他说只有这些同样的废物人们可以吃了于心无愧。"即使如此,吃的人还应该把所吃的苹果或梨的核、杏核、樱桃核及其他,都种在土里,不然他就将犯了堕胎之罪。至于五谷,据他说那是全然不成,因为每颗谷都有一个灵魂像人一样,他也自有其同样的要求安全之权利。"结果是大家不能不承认他的理论,但是又苦于难以实行,逼得没法了便索性开了荤,仍旧吃起猪排牛排来了。这是讽刺小说的话,我们不必认真,然而天下事却也有偶然暗合的,如《文殊师利问经》云:

若为己杀,不得啖。若肉如林木已自腐烂,欲食得食。若欲啖肉者,当说此咒:如是,无我无我,无寿命无寿命,失失,烧烧,破破,有为,除杀去。此咒三说,乃得啖肉。饭亦不食。何以故?若思惟饭不应食,何况当啖肉?

第一章
既然生活，就要有滋有味

这个吃肉林中腐肉的办法岂不与吃陈鸡蛋很相像，那么吃烂果子、黄菜叶也并不一定是无理，实在也只是比不食菜心更彻底一点罢了。

生活给了我一拳，
　但我出的是布

槐阴呓语——沱茶好 / 张恨水

"听罢笙歌樵唱好，看完花卉稻芒香"，世上真有这样的情理。何以知之？请证之于我的品茶。

我之喝茶，那是出了名的。而我喝茶，又是明清小品式的，喜欢冲淡。这只有六安瓜片、杭州明前、洞庭碧螺，最为合适。在四川九年，这可苦了我。四川是喝沱茶的，味重，色浓，对付不了。我对于吃平价米，戴起老花眼镜挑谷子，毫无难色，只有找不着淡茶，颇是窘相毕露。后来茶叶公司有湖北的淡茶输入，倒是对龙井之类，有"状似淞江之鲈"的好处。但四川茶，也并非全不合我口味。我还记得清楚，五三大轰炸这夜，在胡子昂兄家里晚饭，那一杯自制沱茶，色香味均佳，我至今每喝不忘。又逛灌口的时候，在二王庙买了两斤山上清茶，喝了一个月的舒服茶。"当时

第一章
既然生活，就要有滋有味

经过浑无赖，事后相思尽可怜。"我不知怎么着，有一点"怀古之幽情"了。在北平买不到好茶叶喝，你将认为是个笑话。然而我以北平土话答复你："现在吗！"前晚我亲自跑了几家茶叶店，请对付点好龙井，说什么也不行。要就是柜上卖的。回家之后，肝气上升。我几乎学了范增的撞碎玉斗。但我不像苏东坡说的"归而谋诸妇"。可是她竟仿了那话"家有斗酒，为君藏之久矣"。她把曹仲英兄早送的一块沱茶，给我熬了一壶。喝过之后，连声说过瘾。仲英兄休怪，这并不是比之于樵唱稻芒，或是"渴者易为饮"。原因是我喜欢明清小品的，而变了觉得两汉赋体的"大块文章"也很好了。

"一粟中见大千世界"，而我感到我们是一种什么的生活反映。

生活给了我一拳,
但我出的是布

吃的 / 朱自清

提到欧洲的吃喝,谁总会想到巴黎,伦敦是算不上的。不用说别的,就说煎山药蛋吧。法国的切成小骨牌块儿,黄澄澄的,油汪汪的,香喷喷的;英国的"条儿"(chips)却半黄半黑,不冷不热,干干儿的什么味也没有,只可以当饱罢了。再说英国饭吃来吃去,主菜无非是煎炸牛肉排羊排骨,配上两样素菜;记得在一个人家住过四个月,只吃过一回煎小牛肝儿,算是新花样。可是菜做得简单,也有好处:材料坏容易见出,像大陆上厨子将坏东西做成好样子,在英国是不会的。大约他们自己也觉着腻味,所以一九二六那一年有一位华衣脱女士(E. White)组织了一个英国民间烹调社,搜求各市各乡的食谱,想给英国菜换点儿花样,让它好吃些。一九三一年十二月烹调社开了一回晚餐会,从十八世

第一章
既然生活，就要有滋有味

纪以来的食谱中选了五样菜（汤和点心在内），据说是又好吃，又不费事。这时候正是英国的国货年，所以报纸上颇为揄扬一番。可是，现在欧洲的风气，吃饭要少要快，那些陈年的老古董，怕总有些不合时宜吧。

吃饭要快，为的忙，欧洲人不能像咱们那样慢条斯理儿的，大家知道。干吗要少呢？为的卫生，固然不错，还有别的：女的男的都怕胖。女的怕胖，胖了难看；男的也爱那股标劲儿，要像个运动家。这个自然说的是中年人少年人，老头子挺着个大肚子的却有的是。欧洲人一日三餐，分量颇不一样。像德国，早晨只有咖啡面包，晚间常冷食，只有午饭重些。法国早晨是咖啡、月牙饼，午饭晚饭似乎一般分量。英国却早晚饭并重，午饭轻些。英国讲究早饭，和我国成都等处一样。有麦粥、火腿蛋、面包、茶，有时还有熏咸鱼、果子。午饭顶简单的，可以只吃一块烤面包，一杯咖啡；有些小饭店里出卖午饭盒子，是些冷鱼冷肉之类，却没有卖晚饭盒子的。

伦敦头等饭店总是法国菜，二等的有意大利菜、法国菜、瑞士菜之分；旧城馆子和茶饭店等才是本国味道。茶饭店与煎炸店其实都是小饭店的别称。茶饭店的"饭"原指的午饭，可是卖的东西并不简单，吃晚饭满成；煎炸店除了煎炸牛肉排羊排骨之外，也卖别的。头等饭店没去过,意大利的馆子却去过两家。一家在牛津街,规模很不小,晚饭时有女杂耍和跳舞。只记得那回第一道菜是生蚝之类,一种特制的盘子,边上围着七八个圆格子,每格放半个生蚝,吃起来很雅相。另一家在由斯敦路,也是个热闹地方。这家却小小的,通心细粉做得最好:将粉切成半分来长的小圈儿,用黄油煎熟了,平铺在盘儿里,洒上干酪(计司)粉,轻松鲜美,妙不可言。还有炸"搦气蚝",鲜嫩清香,蟳蜂、瑶柱都不能及,只有宁波的蛎黄仿佛近之。

茶饭店便宜的有三家:拉衣恩司(Lyons),快车奶房,ABC面包房。每家都开了许多店子,遍布市内外;ABC比较少些,也贵些,拉衣恩司最多。快车奶房炸小牛肉、小牛肝和红烧鸭块都还可口;他们烧鸭块用木炭火,所以颇有中国风味。ABC炸牛肝也可吃,但火急肝老,总差点儿事;点心烤得却好,有几件比得上北平法国面包房。拉衣恩司似乎没什么出色的东西,但他家有两处"角店",都在闹市转角处,那里却有好吃的。角店一是上下两大间,一是三层三大间,都可容一千五百人左右;晚上有乐队奏乐。一进去只见黑压压地坐满了人,过道处窄得可以,但是气象颇为阔大(有个英国学生讥为"穷人的宫殿",也许不错);在那里往往找了半天、站了半天才等着空位子。这三家所有的店子都用

第一章
既然生活，就要有滋有味

女侍者，只有两处角店里却用了些男侍者——男侍者工钱贵些。男女侍者都穿了黑制服，女的更戴上白帽子，分层招待客人。也只有在角店里才要给点小费（虽然门上标明"无小费"字样），别处这三家开的铺子里都不用给的。曾去过一处角店，烤鸡做得还入味，但是一只鸡腿就合中国一元五角，若吃鸡翅还要贵点儿。茶饭店有时备着骨牌等等，供客人消遣，可是向侍者要了玩的极少；客人多的地方，老是有人等位子，干脆就用不着备了。此外还有一些生蚝店，专吃生蚝，不便宜；一位房东太告诉我说"不卫生"，但是吃的人也不见少。吃生蚝却不宜在夏天，所以英国人说月名中没有"R"（五、六、七、八月），生蚝就不当令了。伦敦中国饭店也有七八家，贵贱差得很大，看地方而定。菜虽也有些高低，可都是变相的广东味儿，远不如上海新雅好。在一家广东楼要过一碗鸡肉馄饨，合中国一元六角，也够贵了。

茶饭店里可以吃到一种甜烧饼（muffin）和窝儿饼（crumpet）。甜烧饼仿佛我们的火烧，但是没馅儿，软软的，略有甜味，好像掺了米粉做的。窝儿饼面上有好些小窝窝儿，像蜂房，比较的薄，也像掺了米粉。这两样大约都是法国来的，但甜烧饼来得早，至少二百年前就有了。厨师多住在祝来巷（Drury Lane），就是那著名的戏园子的地方；从前用盘子顶在头上卖，手里摇着铃子。那时节人家都爱吃，买了来，多多抹上黄油，在客厅或饭厅壁炉上烤得热辣辣的，让油都浸进去，一口咬下来，要不沾到两边口角上。这种偷闲的生活是很有意思的。但是后来的窝儿饼浸油更容易，更香，又不太厚、太软，有咬嚼些，样式也波俏，人们渐渐地喜欢它，就少买那甜烧饼了。一位女士看了这种光景，心下难过，便写信给《泰晤士报》，为甜烧饼抱不平。《泰晤士报》特地做了一篇小社论，劝人吃甜烧饼以存古风；但对于那位女士所说的窝儿饼的坏话，却宁愿存而不论，大约那论者也是爱吃窝儿饼的。

复活节（三月）时候，人家吃煎饼（pancake），茶饭店里也卖；这原是忏悔节（二月底）忏悔人晚饭后去教堂之前吃了好熬饿的，现在却在早晨吃了。饼薄而脆，微甜。北平中原公司卖的"胖开克"（煎饼的音译）却未免太"胖"，而且软了。——说到煎饼，想起一件事来：美国麻省勃克夏地方（Berkshire Country）有"吃煎饼竞争"的风俗，据《泰晤士报》说，一九三二的优胜者一气吃下四十二张饼，还有腊肠热咖啡。这可算"真正大肚皮"了。

英国人每日下午四时半左右要喝一回茶，就着烤面包黄油。请茶会时，自然还有别的，如火腿夹面包、生豌豆苗夹面包、茶馒头（tea scone）等等。他们很看重下午茶，几乎必不可少。又可

第一章
既然生活，就要有滋有味

乘此请客，比请晚饭简便省钱得多。英国人喜欢喝茶，对于喝咖啡，和法国人相反；他们也煮不好咖啡。喝的茶现在多半是印度茶；茶饭店里虽卖中国茶，但是主顾寥寥。不让利权外溢固然也有关系，可是不利于中国茶的宣传（如说制时不干净）和茶味太淡才是主要原因。印度茶色浓味苦，加上牛奶和糖正合适；中国红茶不够劲儿，可是香气好。奇怪的是茶饭店里卖的，色香味都淡得没影子。那样茶怎么会运出去，真莫名其妙。

街上偶然会碰着提着筐子卖落花生的（巴黎也有）、推着四轮车卖炒栗子的，教人有故国之思。花生栗子都装好一小口袋一小口袋的，栗子车上有炭炉子，一面炒，一面装，一面卖。这些小本经纪在伦敦街上也颇古色古香，点缀一气。栗子是干炒，与我们"糖炒"的差得太多了。——英国人吃饭时也有干果，如核桃、榛子、榧子，还有巴西乌菱（原名Brazilds，巴西出产，中国通称"美国乌菱"），乌菱实大而肥，香脆爽口，运到中国的太干，便不大好。他们专有一种干果夹，像钳子，将干果夹进去，使劲一握夹子柄，"格"的一声，皮壳碎裂，有些蹦到远处，也好玩儿的。苏州有瓜子夹，像剪刀，却只透着玲珑小巧，用不上劲儿去。

生活给了我一拳，
　但我出的是布

喝茶 / 周作人

前回徐志摩先生在平民中学讲"吃茶"——并不是胡适之先生所说的"吃讲茶"——我没有工夫去听，又可惜没有见到他精心结构的讲稿，但我推想他是在讲日本的"茶道"，而且一定说得很好。茶道的意思，用平凡的话来说，可以称作"忙里偷闲，苦中作乐"，在不完全的现世享乐一点美与和谐，在刹那间体会永久，是日本之"象征的文化"里的一种代表艺术。关于这一件事，徐先生一定已有透彻巧妙的解说，不必再来多嘴，我现在所想说的，只是我个人的很平常的喝茶罢了。

喝茶以绿茶为正宗，红茶已经没有什么意味，何况又加糖——与牛奶？葛辛（George Gissing）的《草堂随笔》（*The Private Papers of Henry Ryecroft*）确是很有趣味的书，但《冬之卷》

第一章
既然生活，就要有滋有味

里说及饮茶，以为英国家庭里下午的红茶与黄油面包是一日中最大的乐事，东方饮茶已历千百年，未必能领略此种乐趣与实益的万分之一，则我殊不以为然。红茶带"吐斯"未始不可吃，但这只是当饭，在肚饥时食之而已；我的所谓喝茶，却是在喝清茶，在赏鉴其色与香与味，意未必在止渴，自然更不在果腹了。中国古昔曾吃过煎茶及抹茶，现在所用的都是泡茶，冈仓觉三在《茶之书》(*The Book of Tea*, 1906) 里很巧妙地称之曰"自然主义的茶"，所以我们所重的即在这自然之妙味。中国人上茶馆去，左一碗右一碗地喝了半天，好像是刚从沙漠里回来的样子，颇合于我的喝茶的意思（听说闽粤有所谓吃工夫茶者自然也有道理），只可惜近来太是洋场化，失了本意，其结果成为饭馆子之流，只在乡村间还保存一点古风，唯是屋宇器具简陋万分，或者但可称为颇有喝茶之意，而未可许为已得喝茶之道也。

喝茶当于瓦屋纸窗之下，清泉绿茶，用素雅的陶瓷茶具，同二三人共饮，得半日之闲，可抵十年的尘梦。喝茶之后，再去继续修各人的胜业，无论为名为利，都无不可，但偶然的片刻优游乃断不可少。中国喝茶时多吃瓜子，我觉得不很适宜，喝茶时所吃的东西应当是轻淡的"茶食"，中国的茶食却变了"满汉饽饽"，其性质与"阿阿兜"相差无几，不是喝茶时所吃的东西了。日本的点心虽是豆米的成品，但那优雅的形色、朴素的味道，很合于茶食的资格，如各色"羊羹"（据上田恭辅氏考据，说是出于中国唐时的羊肝饼），尤有特殊的风味。江南茶馆中有一种"干丝"，用豆腐干切成细丝，加姜丝酱油，重汤炖热，上浇麻油，出以供客，其利益为"堂倌"所独有。豆腐干中本有一种"茶干"，今变而为丝，亦颇与茶相宜。在南京时常食此品，据云有某寺方丈所制为最，虽也曾尝试，却已忘记，所记得者乃只是下关的江天阁而已。学生们的习惯，平常"干丝"既出，大抵不即食，等到麻油再加，开水重换之后，始行举箸，最为合适，因为一到即罄，次碗继至，不遑应酬，否则麻油三浇，旋即撤去，怒形于色，未免使客不欢而散，茶意都消了。

吾乡昌安门外有一处地方，名三脚桥（实在并无三脚，乃是三出，因以一桥而跨三汊的河上也），其地有豆腐店曰周德和者，制茶干最有名。寻常的豆腐干方约寸半，厚三分，值钱二文，周德和的价值相同，小而且薄，几及一半，黝黑坚实，如紫檀片。我家距三脚桥有步行两小时的路程，故殊不易得，但能吃到油炸者而已。每天有人挑担设炉镬，沿街叫卖，其词曰：

辣酱辣，

> 麻油炸,
>
> 红酱搭,
>
> 辣酱拓,
>
> 周德和格五香油炸豆腐干。

其制法如上所述，以竹丝插其末端，每枚值三文。豆腐干大小如周德和，而甚柔软，大约系常品。唯经过这样烹调，虽然不是茶食之一，却也不失为一种好豆食。——豆腐的确也是极乐的佳妙的食品，可以有种种的变化，唯在西洋不会被领解，正如茶一般。

日本用茶淘饭，名曰"茶渍"，以腌菜及"泽庵"（即福建的黄土萝卜，日本泽庵法师始传此法，盖从中国传去）等为佐，很有清淡而甘香的风味。中国人未尝不这样吃，唯其原因，非由穷困即为节省，殆少有故意往清茶淡饭中寻其固有之味者，此所以为可惜也。

第二章 万物于我,都是自由诗

山水间的生活 / 丰子恺

我家迁住白马湖上后三天,我在火车中遇见一个朋友,对我这样说:"山水间虽然清静,但物质的需要不便之外,住家不免寂寞,办学校不免闭门造车,有利亦有弊。"我当时对于这话就起一种感想,后来忙中就忘却了。

现在春晖在山水间已生活了近一年了,我的家庭在山水间已生活了一月多了。我对于山水间的生活,觉得有意义,又想起了火车中的友人的话。写出我的几种感想在下面。

我曾经住过上海,觉得上海住家,邻人都是不相往来,而且敌视的。我也曾做过上海的学校教师,觉得上海的繁华和文明,能使聪明的明白人得到暗示和觉悟,而使悟力薄弱的人受到很恶的影响。我觉得上海虽热闹,实在寂寞,山中虽冷静,实在热闹,不觉得寂寞。就是上海是骚扰的寂寞，山中是清静的热闹。

在火车里的几小时，是在这社会里四五十年的人生的缩图。座位被占、提包被偷等恐慌，就是生活恐慌的缩形。倘嫌山水间的生活的寂寞，而慕都会的热闹，犹之在只乘四五个相熟的人的火车里嫌寂寞，要望别的拥挤着的车子里去。如果有这样的人，他定是要描写拥挤的车子而去观察的小说家，否则是想图利去的pickpocket（扒手）。

我在教授图画唱歌的时候，觉得以前曾在别处学过图画唱歌的人最难教授，全然没有学过的人容易指导。同样，我觉得在社会里最感到困难的是"因袭的打破难"。许多学校风潮、许多家庭悲剧、许多恶劣的人类分子，都是"因袭的罪恶"，何尝是人间本身的不良。因袭好比遗传，永不断绝。新文化一次输入因袭旧恶的社会里，仿佛注些花露水在粪里，气味更难当。再输入一次，仿佛在这花露水和粪里再注入些香油，又变一种臭气。我觉得无论什么改造，非先除去因袭的恶弊终归越弄越坏。在山水间的学校和家庭，不拘何等孤僻、何等少见闻、何等寂寥，"因袭的传染的隔远"和"改造的容易入手"是实实在在的事实。

我从前往往听见人讲到子弟求学或职业等问题，都说："总要出上海！"听者带着一种对于将来生活的恐慌的自警的态度默应着。把这等话的心理解剖起来,里面含着这样的几个要素:(一)上海确是文明地、冠盖之区、要路津。(二)少年应当策高足,先据这要路津。(三)这就是吾人应走的前途。所谓闭门造车,也是具有这样的内容的话。怀着这样的思想的人,是因袭的奴隶,是因袭的维持者。

闭门造车,是指说不符合门外的轨道的大小,造了不能在门外的轨道上运行的车。行车一定要在已成的轨道上吗?这已成的轨道确是引导我们走正路的吗?有了车不能造轨道的吗?在这"闭门造车"一句话里,分明表示着人们的依赖、因袭和创造力多么薄弱。不造则已,如果要造车,一定非闭门造不可。如果依照已成的轨道而造,所造出的车子和以前已有的车子一样,就在已成的轨道上随波逐流地去了。即使已有的车子是好的,已成的轨道是正的,造车的效力也不过加多了车,不是造车的进步。何况已有的车子或者不好,已成的轨道或者不正呢。

"好久不到都会了,好久不看报了,退步了。"这样说的人也有。实在,进步是前进的意思,进步越快,离社会越远,离社会越远,进步越深(这是厨川白村说的)。子夏说道:"吾过矣,吾离群而索居,亦已久矣。"这便是子夏所以为子夏。

"山水间生活,有利亦有弊",这大概是指清静、空气新鲜、生活程度低……是利，需要不便、寂寞、闭门造车……是弊。这是要计较两方的利弊长短而取舍的意思。这话的内容和"新思想并不恶、时势变更了不得已而然的。但从前的习惯一概不好，也不能说"的话同是乡愿的话。

这话的变形，就是"凡物都有明暗两方面的"。这话固然不错，但我觉得明暗是一体的。非但如此，明是因为有暗而益明的。仿佛绘画，明调子因暗调子而益美，暗调子因明调子而也美了。断不是明面好，暗面不好。如果取明而弃暗，就是Ruskin（罗斯金）所谓："自然像日光和阴影相交一般混合着优劣两种要素，使双方相互地供给效用和势力的。所以除去阴影的画家，定要在他自己造出来的无荫的沙漠里烧死！"

爱一物，是兼爱它的明暗两方面。否则，没有暗的明是不明的，是不可爱的。我往往觉得山水间的生活，因为需要不便而菜根更香、豆腐更肥，因为寂寞而邻人更亲。

且勿论都会的生活与山水间的生活孰优孰劣、孰利孰弊，人生随处皆不满，欲图解脱，唯于艺术中求之。

第二章
万物于我，都是自由诗

梧桐树 / 丰子恺

寓楼的窗前有好几株梧桐树。这些都是邻家院子里的东西，但在形式上是我所有的。因为它们和我隔着适当的距离，好像是专门种给我看的。它们的主人，对于它们的局部状态也许比我看得清楚；但是对于它们的全体容貌，恐怕始终没看清楚呢。因为这必须隔着相当的距离方才看见。唐人诗云："山远始为容。"我以为树亦如此。自初夏至今，这几株梧桐树在我面前浓妆淡抹，显出了种种的容貌。

当春尽夏初，我眼看见新桐初乳的光景。那些嫩黄的小叶子一簇簇地顶在秃枝头上，好像一堂树灯，又好像小学生的剪贴图案，布置均匀而带幼稚气。植物的生叶，也有种种技巧：有的新陈代谢，瞒过了人的眼睛而在暗中偷换青黄；有的微乎其微，渐乎其渐，使人不觉察其由秃枝变成绿叶。只有梧桐树的生叶，技巧最为拙劣，但态度最为坦白。它们的枝头疏而粗，它们的叶子平而大。叶子一生，全树显然变容。

在夏天，我又眼看见绿叶成荫的光景。那些团扇大的叶片，长得密密层层，望去不留一线空隙，好像一个大绿障，又好像图案画中的一座青山。在我所常见的庭院植物中，叶子之大，除了芭蕉以外，恐怕无过于梧桐了。芭蕉叶形状虽大，数目不多，那丁香结要过好几天才展开一张叶子来，全树的叶子寥寥可数。梧桐叶虽不及它大，可是数目繁多，那猪耳朵一般的东西，重重叠叠地挂着，一直从低枝上挂到树顶。窗前摆了几枝梧桐，我觉得绿意实在太多了。古人说"芭蕉分绿上窗纱"，眼光未免太低，只是阶前窗下的所见而已。若登楼眺望，芭蕉便落在眼底，应见"梧桐分绿上窗纱"了。

一个月以来，我又亲眼看见梧桐叶落的光景。样子真凄惨呢！最初绿色黑暗起来，变成墨绿；后来又由墨绿转成焦黄。北风一吹，它们大惊小怪地闹将起来，大大的黄叶便开始辞枝——起初突然地落脱一两张来；后来成群地飞下一大批来，好像谁从高楼上丢下来的东西。枝头渐渐地虚空了，露出树后面的房屋来，终于只剩下几根枝条，回复了春初的面目。这几天它们空手站在我的窗

第二章
万物于我，都是自由诗

前，好像曾经娶妻生子而家破人亡了的光棍，样子怪可怜的！我想起了古人的诗："高高山头树，风吹叶落去。一去数千里，何当还故处？"现在倘要搜集它们的一切落叶来，使它们一齐变绿，重还故枝，回复夏日的光景，即使仗了世间一切支配者的势力，尽了世间一切机械的效能，也是不可能的事了！回黄转绿世间多，但象征悲哀的莫如落叶，尤其是梧桐的落叶。

但它们的主人，恐怕没有感到这种悲哀。因为他们虽然种植了它们，所有了它们，但都没有看见上述的种种光景。他们只是坐在窗下瞧瞧它们的根干，站在阶前仰望它们的枝叶，为它们扫扫落叶而已，何从看见它们的容貌呢？何从感到它们的象征呢？可知自然是不能被占有的。可知艺术也是不能被占有的。

生活给了我一拳，
  但我出的是布

从旅到旅 / 缪崇群

　　倘使说人生好像也有一条过程似的——坠地呱呱的哭声作为一个初的起点，弥留的哀绝的呻吟是最终的止境，那么这中间——从生到死，不管它是一截或是一段，接踵着，赓连着，也仿佛是一条铁链，圈套着圈，圈套着圈……不以尺度来量计，或不是尺度能够量计的时候，是不是说链子长的圈多、短的链子圈少呢？

　　动、静、动、静……连成了一条人生的过程，多多少少次的动和静，讴歌人生灿烂的有了，诅咒人生重荷的也有了。在这条过程上，于是过着哭的、笑的，和哭笑不得的。然而在所谓过程里——过即是在动，静也是在过，一段一截地接踵着，赓连着，分不清动静的界限，人生了，人死了，无数无量数的……

　　从生到死，不正可以说是从旅到旅么？

第二章
万物于我，都是自由诗

铁一般的重量，负在旅人的肩上；铁一般的寒气，沁着旅人的心。铁的镣铐锁住了旅人的手和足，听到了那叮当的铁之音，怕旅人的灵魂也会激烈地被震撼了吧？

想到了为旅人的人和我，禁不住地常常前瞻后顾了，可是这条路上布满了风沙和烟尘，朦胧，暗淡，往往伤害了自己的眼睛。我知道瞻顾都是徒然的，我不再踌躇，不再迷惘了；低着头，我将如瓦尔加河上的船夫们，以那种沉着有力的哼喝的声调，来谱唱我从旅到旅的曲子。

书房的窗子 / 杨振声

说也可怜，抗战归来，卧房都租不到一间，何言书房？既无书房，又何从说到书房的窗子！

唉，先生，你别见笑，叫花子连做梦都在想吃肉，正为没得，才想得厉害。我不但想到书房，连书房里每一个角落，我都布置好。今天又想起了我那书房的窗子。

说起窗子，那真是人类穴居之后一点灵机的闪耀，才发明了它。它给你清风与明月，它给你晴日与碧空，它给你山光与水色，它给你安安静静地坐于窗前，欣赏着宇宙的一切。一句话，它打通你与天然的界限。

窗子的功用，虽是到处一样，而窗子的方向，却有各人的嗜好不同。陆放翁的"一窗晴日写黄庭"，大概指的是南窗。我不反对

第二章
万物于我，都是自由诗

南窗的光明与健康，特别在北方的冬天，南窗放进满屋的晴日，你随便拿一本书坐在窗下取暖，书页上的诗句全浸润在金色的光浪中，你书桌旁若有一盆腊梅，那就更好。以前在北平只值几毛钱一盆，高三四尺者，亦不过一两元。腊梅比红梅色雅而秀清，价钱并不比红梅贵多少。那么，就算有一盆腊梅罢。腊梅在阳光的照耀下，荡漾着芬芳，把几枝疏脱的影子漫画在新洒扫的蓝砖地上，如漆墨画。天知道，那是一种清居的享受。

东窗的初红里迎着朝暾，你起来开了格扇，放进一屋的清新。朝气洗涤了昨宵一梦的荒唐，使人精神清振，与宇宙万物一体更新。假使你窗外有一株古梅或是海棠，你可以看"朝日红妆"；有海，你可以看"海日生残夜"；一无所有，看朝霞的艳红；再不然，看想象中的邺宫，"晓日靓妆千骑女，白樱桃下紫纶巾"。

"挂起西窗浪接天"，这样的西窗，不独坡翁喜欢，我们谁都喜欢。然而，西窗的风趣，正不止此，压山的红日徘徊于西窗之际，照出书房里一种透明的宁静。苍蝇的搓脚、微尘的轻游，都带些倦意了。人在一日的劳动后，带着微疲放下工作，舒适地坐下来吃一杯热茶，开窗西望，太阳已隐到山后了。田间小径上，疏落地走着荷锄归来的农夫，隐约听见母牛"哞哞"地唤着小犊同归。山色此时已由微红而深紫，而黝蓝。苍然暮色也渐渐笼上山脚的树林。西天上，独有一缕镶着黄边的白云冉冉而行。

然而我独喜欢北窗。那就全是光的问题了。

说到光，我有一个偏向，就是不喜欢强烈的光而喜欢清淡的光，不喜欢敞开的光而喜欢隐约的光，不喜欢直接的光而喜欢反射的光。就拿日光来说罢，我不爱中午的骄阳，而爱"晨光之熹微"与落日的古红。纵使光度一样，也觉得一片平原的光海，总不及山阴水曲间光线的隐翳，或枝叶扶疏的树荫下光波的流动。至于反光，更比直光来得委婉。"残夜水明楼"，是那般的清虚可爱；而"明清照积雪"，使你感到满目清晖。

不错，特别是雪的反光，在太阳下是那样霸道，而在月光下却又这般温柔。其实，雪的反光在阴阴天宇下，也蛮有风趣。特别是新雪的早晨，你一醒来，全不知道昨宵降了一夜的雪，只看从纸窗透进满室的虚白，便与平时不同，那白中透出银色的清晖，温润而匀净，使屋子里平添一番恬静的滋味。披衣起床且不看雪，先掏开那尚未睡醒的炉子，那屋里顿然煦暖。然后再从容揭开窗帘一看，满目皓洁，庭前的枝枝都压垂到地角上了。望望天，还是阴阴的，那就准知道这一天你的屋子会比平常更幽静。

至于拿月光与日光比，我当然更喜欢月光。在月光下，人是那般隐藏，天宇是那般的素净。现实的世界退缩了，想象的世界放大

第二章
万物于我，都是自由诗

了。我们想象的放大，不也就是我们人格的放大？放大到感染一切时，整个的世界也因而富有情思了。"疏影横斜水清浅，暗香浮动月黄昏"，比之"晴雪梅花"更为空灵，更为生动；"无情有恨何人见，月亮风清欲坠时"，比之"枝头春意"更富深情与幽思；而"宿妆残粉未明天，每立昭阳花树边"，也比"水晶帘下看梳头"更动人怜惜之情。

这里不止是光度的问题，而且是光度影响了态度。强烈的光使我们一切看得清楚，却不必使我们想得明透；使我们有行动的愉悦，却不必使我们有沉思的因缘；使我们像春草一般地向外发展，却不能使我们像夜合一般地向内收敛。强光太使我们与外物接近了，留不得一分想象的距离。而一切文艺的创造，绝不是一些外界事物的推拢，而是事物经过个性的熔冶、范铸出来的作物。强烈的光与一切强有力的东西一样，它压迫我们的个性。

以此，我便爱上了北窗。南窗的光强，固不必说；就是东窗和西窗也不如北窗。北窗放进的光是那般清淡而隐约，反射而不直接。说到反光，当然便到了"窗子以外"了，我不敢想象窗外有什么明湖或青山的反光，那太奢望了。我只希望北窗外有一带古老的粉墙。你说古老的粉墙？一点不错。最低限度地要老到透出点微黄的颜色；假如可能，古墙上生几片青翠的石斑。这墙不要去窗太近,太近则逼仄,使人心狭;也不要太远,太远便不成为窗子屏风;去窗一丈五尺左右便好。如此,古墙上的光辉反射在窗下的桌上,润泽而淡白,不带一分逼人的霸气。这种清光,绝不会侵凌你的幽静,也不会扰乱你的运思。它与清晨太阳未出以前的天光,及太阳初下,夕露未滋,湖面上的水光同是一样地清幽。

假如,你嫌这样的光太朴素了些,那你就在墙边种上一行疏竹。有风,你可以欣赏它婆娑的舞容;有月,窗上迷离的是潇潇的竹影;有雨,它给你平添一番清凄;有雪,那素洁,那清劲,确是你清寂中的佳友。即使无月无风,无雨无雪,红日半墙,竹荫微动,掩映于你书桌上的清晖泛出一片青翠、几纹波痕,那般地生动而空灵。你书桌上满写着清新的诗句,你坐在那儿,纵使不读书也"要得"。

秋光中的西湖 / 庐隐

我像是负重的骆驼般,终日不知所谓地向前奔走着。突然心血来潮,觉得这种不能喘气的生涯不容再继续了,因此便决定到西湖去,略事休息。

在匆忙中上了沪杭甬的火车,同行的有朱、王二女士和建,我们相对默然地坐着。不久车身蠕蠕而动了,我不禁叹了一口气道:"居然离开了上海。"

"这有什么奇怪,想去便去了!"建似乎不以我多感慨的态度为然。

查票的人来了,建从洋服的小袋里掏出了四张来回票,同时还带出一张小纸头来。我捡起来,看见上面写着:"到杭州:第一大吃而特吃,大玩而特玩……"真滑稽,这种大计划也值得大书而特书,我这样说着递给朱、王二女士看,她们也不禁哈哈大笑了。

来到嘉兴时,天已大黑。我们的肚子都有些饿了,但火车上的大菜既贵又不好吃,我便提议吃茶叶蛋,便想叫茶房去买。他好像觉得我们太吝啬,坐二等车至少应当吃一碗火腿炒饭,所以他冷笑道:"要到三等车里才买得到。"说着他便一溜烟跑了。

"这家伙真可恶!"建愤怒地说着,最后他只得自己跑到三等车去买了来。吃茶叶蛋我是拿手,一口气吃了四个半,还觉得肚子里空无所有,不过当我伸手拿第五个蛋时,被建一把夺了去,一面埋怨道:"你这个人真不懂事,吃那么许多,等些时又要闹胃痛了。"

这一来只好咽一口唾沫算了。王女士却向我笑道:"看你个子很瘦小,吃起东西来倒很凶!"其实我只能吃茶叶蛋,别的东西倒不可一概而论呢!——我很想这样辩护,但一转念,到底觉得无谓,所以也只有淡淡地一笑,算是我默认了。

车子进杭州城站时,已经十一点半了,街上的店铺多半都关了门,几盏暗淡的电灯放出微弱的黄光。但从火车上下来的人,却吵成一片,挤成一堆,此外还有那些客栈的招揽生意的茶房把我们围得水泄不通,不知花了多少力气,才打出重围叫了黄包车到湖滨去。

第二章
万物于我，都是自由诗

车子走过那石砌的马路时，一些熟悉的记忆浮上我的观念里来。一年前我同建曾在这幽秀的湖山中做过寓公，转眼之间早又是一年多了，人事只管不停地变化，而湖山呢，依然如故，清澈的湖波和笼雾的峰峦似笑我奔波无谓吧！

我们本决意住清泰第二旅馆，但是到那里一问，已经没有房间了，只好到湖滨旅馆去。

深夜时我独自凭着望湖的碧栏，看夜幕沉沉中的西湖。天上堆叠着不少的雨云，星点像怕羞的女郎，踯躅于流云间，其光隐约可辨。十二点敲过许久了，我才回到房里睡下。

晨光从白色的窗幔中射进来，我连忙叫醒建，同时我披了大衣开了房门。一阵沁肌透骨的秋风从桐叶梢头穿过，飒飒的响声中落下了几片枯叶，天空高旷清碧，昨夜的雨云早已躲得无影无踪了。秋光中的西湖是那样冷静、幽默，湖上的青山如同深纽的玉色，桂花的残香充溢于清晨的气流中。这时我忘记我是一只骆驼，我身上负有人生的重担。我这时是一只紫燕，我翱翔在清隆的天空中，我听见神祇的赞美歌，我觉到灵魂的所在地……这样地，被释放不知多少时候，总之我觉得被释放的那一刹那，我是从灵宫的深处流出最惊喜的泪滴了。

建悄悄地走到我的身后，低声说道："快些洗了脸，去访我们的故居吧!"

多怅惘呵,他惊破了我的幻梦,但同时又被他引起了怀旧的情绪,连忙洗了脸,等不得吃早点便向湖滨路崇仁里的故居走去。到了弄堂门口,看见新建的一间白木的汽车房,这是我们走后唯一的新鲜东西。此外一切都不曾改变,墙上贴着一张招租的帖子,一看是四号吉房招租……"呀!这正是我们的故居,刚好又空起来了。喂,隐!我们再搬回来住吧!"

"事实办不到……除非我们发了一笔财……"我说。

这时我们已到那半开着的门前了,建轻轻推门进去。小小的院落,依然是石缝里长着几根青草,几扇红色的木门半掩着。我们在客厅里站了些时,便又到楼上去看了一遍。这虽然只是最后几间空房,但那里面的气氛引起我们既往的种种情绪,最使我们觉到怅然的是陈君的死。那时他每星期六多半来找我们玩,有时也打小牌,他总是摸着光头懊恼地说道:"又打错了!"这一切影像仍逼真地现在目前,但是陈君已作了古人。我们在这空洞的房子里,沉默了约有三分钟,才怅然地离去。

走到弄堂门的时候,正遇到一个面熟的娘姨——那正是我们邻居刘君的女仆,她很殷勤地要我们到刘家坐坐。我们难却她的盛意,随她进去。刘君才起床,他的夫人替小孩子穿衣服。我们这两

第二章
万物于我，都是自由诗

个不速之客够使他们惊诧了。谈了一些别后的事情，抽过一支烟后，我们告辞出来。到了旅馆里，吃过鸡丝面，王、朱两位女士已在湖滨叫小划子。我们讲定今天一天玩水，所以和船夫讲定到夜给他一块钱，他居然很高兴地答应了。

我们买了一些菱角和瓜子带到划子上去吃。船夫是一个五十多岁的忠厚老头子，他洒然地划着。温和的秋阳照着我——使全身的筋肉都变成松缓，懒洋洋地靠在长方形的藤椅背上。看着划桨所激起的波纹，好像万道银蛇蜿蜒不息。这时船已在三潭印月前面白云庵那里停住了。我们上了岸，走进那座香烟阒然的古庙，一个老和尚坐在那里向阳。菩萨案前摆了一个签筒，我先抱起来摇了一阵，得了一个上上签，于是朱、王二女士同建也都每人摇出一根来。我们大家拿了签条嘻嘻哈哈笑了一阵，便拜别了那四个怒目咧嘴的大金刚，仍旧坐上船向前泛去。

船身微微地撼动，仿佛睡在儿时的摇篮里，而我们的同伴朱女士，她不住地叫头疼。建像是天真般地同情地道："对了，我也最喜欢头疼，随便到哪里去，一吃力就头疼，尤其是昨夜太劳碌了不曾睡好。"

"就是这话了，"朱女士说，"并且，我会晕车！"

"晕车真难过……真的呢！"建故作正经地同情她。我同王女士禁不住大笑。建只低着头，强忍住他的笑容，这使我更要大笑。船泛到湖心亭，我们在那里站了些时，有些感到疲倦了，王女士提议去吃饭。建讲："到了实行我'大吃而特吃'的计划的时候了。"

我说："如要大吃特吃，就到'楼外楼'去吧。那是这西湖上有名的饭馆，去年我们曾在这里遇到宋美龄呢！"

"哦，原来如此，那我们就去吧！"王女士说。

果然名不虚传，门外停了不少辆的汽车，还有几个丘八先生点缀这永不带有战争气氛的湖边。幸喜我们运气好，仅有唯一的一张空桌，我们四个人各霸一方，但是我们为了大家吃得痛快，互不牵掣起见，各人叫各人的菜，同时也各人出各人的钱。结果我同建叫了五只湖蟹、一尾湖鱼、一碗鸭掌汤、一盘虾子冬笋，她们二位女士所叫的菜也和我们大同小异。但其中要推王女士是个吃喝能手，她吃起湖蟹来，起码四五只，而且吃得又快又干净。再衬着她那位最不会吃湖蟹的朋友朱女士，才吃到一个的时候，便叫起头疼来。

"那么你不要吃了，让我包办吧！"王女士笑嘻嘻地说。

"好吧！你就包办……我想吃些辣椒，不然我简直吃不下饭去。"朱女士说。

第二章
万物于我，都是自由诗

"对了，我也这样。我们两人真是事事相同，可以说百分之九九一样，只有一分不一样……"建一本正经地说。

"究竟不同是哪一分呢？"王女士问。

"你真笨伯，这点都不知道，一个是男人，一个是女人呵！"建说。

这时朱女士正捧着一碗饭待吃，听了这话笑得几乎把饭碗摔到地上去。

"简直是一群疯子。"我心里悄悄地想着，但是我很骄傲，我们到现在还有疯的兴趣。于是把我们久已抛置的童年心情从坟墓里重新复活，这不能说不是奇迹吧！

黄昏的时候，我们的船荡到艺术学院的门口，我同建去找一个朋友，但是他已到上海去了。我们嗅了一阵桂花的香风后，依然上船。这时凉风阵阵地拂着我们的肌肤，朱女士最怕冷，裹紧大衣，仍然不觉得暖，同时东方的天边已变成灰暗的色彩，虽然西方还漾着几道火色的红霞，而落日已堕到山边，只在我们一霎眼的工夫，已经滚下山去了。远山被烟雾整个地掩蔽着，一望苍茫。小划子轻泛着平静的秋波，我们好像驾着云雾，冉冉地已来到湖滨。上岸时，湖滨已是灯火明耀，我们的灵魂跳出模糊的梦境。虽说这马路上依然是可以漫步无碍，但心情却已变了。

回到旅馆吃了晚饭后，我们便商量玩山的计划：上山一定要坐山兜，所以叫了轿班的头老，说定游玩的地点和价目。这本是小问题，但是我们却充分讨论了很久：第一因为山兜的价钱太贵，我同朱女士有些犹疑；可是建同王女士坚持要坐。结果是我们失败了，只得让他们得意扬扬地吩咐轿班第二天早晨七点钟来。

今日是十月九日——正是阴历重九后一日，所以登高的人很多。我们上了山兜，出涌金门，先到净慈观去看浮木井——那是济颠和尚的灵迹。但是在我看来不过一口平凡的井而已，所闻木头浮在当中的话，始终是半信半疑。

出了净慈观又往前走，路渐荒芜。虽然满地不少黄色的野花、半红的枫叶，但那透骨的秋风唱出飒飒瑟瑟的悲调，不禁使我又悲又喜。像我这样劳碌的生命，居然能够抽出空闲的时间来听秋蝉最后的哀调，看枫叶鲜艳的色彩，领略丹桂清绝的残香——灵魂绝对的解放，这真是万千之喜。但是再一深念，国家危难，人生如寄，此景此色只是增加人们的哀痛，又不禁悲从中来了……我尽管思绪如麻，而那抬山兜的夫子，不断地向前进行，渐渐地已来到半山之中。这时我从兜子后面往下一看，但见层崖叠壁，山径崎岖，不敢胡思乱想了。捏着一把汗，好容易来到山顶，才吁了一口长气，在一座古庙里歇下了。

第二章
万物于我，都是自由诗

　　同时有一队小学生也兴致勃勃地奔上山来，他们每人手里拿了一包水果一点吃的东西，都在庙堂前面院子里的雕栏上坐着边唱边吃。我们上了楼，坐在回廊上的藤椅上，和尚泡了上好的龙井茶来，又端了一碟瓜子。我们坐在藤椅上，东望西湖，漾着滟滟光波；南望钱塘，孤帆飞逝，激起白沫般的银浪。把四围无限的景色，都收罗眼底。我们正在默然出神的时候，忽听朱女士说道："适才上山我真吓死了，若果摔下去简直骨头都要碎的，等会儿我情愿走下去。"

　　"对了，我也是害怕。回头我们两人走下去罢，让她们俩坐轿！"建说。

　　"好的。"朱女士欣然地说。

　　我知道建又在使促狭，我不禁望着他好笑。他格外装得活像说道："真的，我越想越可怕，那样陡削的石级，而且又很滑，万一夫子脚一软那还了得……"建补充的话和他那种强装正经的神气，只惹得我同王女士笑得流泪。

　　一个四十多岁的和尚，他悄然坐在大殿里，看见我们这一群疯子，不知他作何感想，但见他默默无言，只光着眼睛望着前面的山景。也许他也正忍俊不禁，所以只好用他那眼观鼻、鼻观心的苦功吧！我们笑了一阵，喝了两遍茶才又乘山兜下山。朱女士果然实行她步行的计划,但是和她表同情的建,却趁朱女士回头看山景的一刹那,悄悄躲在轿子里去了。

"喂!你怎么又坐上去了?"朱女士说。

"呀!我这时忽然想开了,所以就不怕摔……并且我还有一首诗奉劝朱女士不要怕,也坐上去吧!"

"到底是诗人……快些念来我们听听吧!"我打趣他。

"当然,当然。"他说着便高声念道,"坐轿上高山,头后脚在先。请君莫要怕,不会成神仙。"

这首诗又使得我们哄然大笑。但是朱女士却因此一劝,她才不怕摔,又坐上山兜了。中午的时候我们在龙井的前面斋堂里吃了一顿素菜。那个和尚说得一口漂亮的北京话,我因问他是不是北方人。他说:"是的,才从北方游方驻扎此地。"这和尚似乎还文雅,他的庙堂里挂了不少名人的字画。同时他还问我在什么地方读书,我对他说家里蹲大学,他似解似不解地诺诺连声地应着,而建的一口茶已喷了一地。这简直是太大煞风景,我连忙给了他三块钱的香火资,跑下楼去。这时日影已经西斜了,不能再流连风景。不过黄昏的山色特别富丽,彩霞如垂幔般地垂在西方的天际,青翠的岗峦笼罩着一层干绡似的烟雾,新月已从东山冉冉上升,远远如弓形的白堤和明净的西湖都笼在沉沉暮霭中。我们的心灵浸醉于自然

第二章
万物于我，都是自由诗

的美景里，永远不想回到热闹的城市去。但是轿夫们不懂得我们的心事，只顾奔他们的归程。"唷咿"一声，山兜停了下来，我们翱翔着的灵魂重新被摔到满是陷阱的人间。于是疲乏无聊，一切的情感围困了我们。

晚饭后草草收拾了行装，预备第二天回上海。这秋光中的西湖又成了灵魂上的一点印痕、生命的一页残史了。

可怜被解放的灵魂眼看着它垂头丧气地又进了牢囚。

生活给了我一拳，
　但我出的是布

雪 / 鲁彦

　　美丽的雪花飞舞起来了。我已经有三年不曾见着它。

　　去年在福建，仿佛比现在更迟一点，也曾见过雪。但那是远处山顶的积雪，可不是飞舞着的雪花。在平原上，它只是偶然地随着雨点撒下来几颗。没有落到地面的时候，它的颜色是灰的，不是白色；它的重量像是雨点，并不会飞舞。一到地面，它立刻融成了水，没有痕迹，也未尝跳跃，也未尝发出窸窣的声音，像江浙一带下雪子时的模样。这样的雪，在四十年来第一次看见它的老年的福建人，诚然能感到特别的意味，谈得津津有味。但在我，却总觉得索然。"福建下过雪"，我可没有这样想过。

　　我喜欢眼前飞舞着的上海的雪花。它才是"雪白"的白色，也才是花一样的美丽。它好像比空气还轻，并不从半空里落下来，而

第二章
万物于我，都是自由诗

是被空气从地面卷起来的。然而它又像是活的生物，像夏天黄昏时候的成群的蚊蚋，像春天流蜜时期的蜜蜂，它的忙碌的飞翔，或上或下，或快或慢，或粘着人身，或拥入窗隙，仿佛自有它自己的意志和目的。它静默无声；但在它飞舞的时候，我们似乎听见了千百万人马的呼号和脚步声、大海的汹涌的波涛声、森林的狂吼声，有时又似乎听见了情人的切切的密语声、礼拜堂的平静的晚祷声、花园里的欢乐的鸟歌声……它所带来的是阴沉与严寒。但在它的飞舞的姿态中，我们看见了慈善的母亲、柔和的情人、活泼的孩子、微笑的花、温暖的太阳、静默的晚霞……它没有气息。但当它扑到我们面上的时候，我们似乎闻到了旷野间鲜洁的空气的气息、山谷中幽雅的兰花的气息、花园里浓郁的玫瑰的气息、清淡的茉莉花的气息……在白天，它做出千百种婀娜的姿态；夜间，它发出银色的光辉，照耀着我们行路的人，又在我们的玻璃窗上札札地绘就了各式各样的花卉和树木，斜的、直的、弯的、倒的，还有那河流、那天上的云……

现在，美丽的雪花飞舞了。我喜欢，我已经有三年不曾见着它。我的喜欢有如四十年来第一次看见它的老年的福建人。但是，和老年的福建人一样，我回想着过去下雪时候的生活，现在的喜悦，就像这钻进窗隙落到我桌上的雪花似的，渐渐融化，而且立刻消失了。

记得某年在北京，一个朋友的寓所里，围着火炉，煮着全中国最好的白菜和面，喝着酒，剥着花生，谈笑得几乎忘记了身在异乡。吃得满面通红，两个人一路唱着，一路踏着"吱吱"地叫着的雪，踉跄地从东长安街的起头踱到西长安街的尽头，又忘记了正是异乡最寒冷的时候。这样的生活，和今天的一比，不禁使我感到惘然。上海的朋友们都像是工厂里的机器，忙碌得一刻没有休息；而在下雪的今天，他们又叫我一个人看守着永不会有人或电话来访问的房子。这是多么孤单、寂寞、乏味的生活。

"没有意思！"我听见过去的我对今天的我这样说了。正像我在福建的时候，对四十年来第一次看见雪的老年的福建人所说的一样。

但是，另一个我出现了。他是足以对着过去的北京的我，射出骄傲的眼光来的我。这个我，某年在南京下雪的时候，曾经有过更快活的生活：雪落得很厚，盖住了一切的田野和道路。我和我的爱人在一片荒野中走着。我们辨别不出路径来，也并没有终止的目的。我们只让我们的脚欢喜怎样就怎样。我们的脚常常欢喜踏在最深的沟里。我们未尝感到这是旷野，这是下雪的时节。我们仿佛是在花园里，路是平坦的，而且是柔软的。我们未尝觉得一点寒冷，因为我们的心是热的。

"没有意思！"我听见在南京的我对在北京的我这样说了。正像在北京的我对着今天的我所说的一样，也正像在福建的我对着四十年来第一次看见雪的老年的福建人所说的一样。

然而，我还有一个更可骄傲的我在呢。这个我，是有过更快乐的生活的。在故乡，冬天的早晨，当我从被窝里伸出头来，感觉到特别地寒冷，隔着蚊帐望见天窗特别地阴暗，我就首先知道外面下了雪了。"雪落啦白洋洋，老虎拖娘娘……"这是我躺在被窝里反复地唱着的欢迎雪的歌。别的早晨，照例是母亲和姊姊先起床，等她们煮熟了饭，拿了火炉来，代我烘暖了衣裤鞋袜，才肯钻出被窝。但是在下雪天，我就有了最大的勇气。我不需要火炉，雪就是我的火炉。我把它捻成了团，捧着，丢着。我把它堆成了一个和尚，在它的口里，插上一支香烟。我把它当作糖，放在口里。地上的厚的积雪，是我的地毯，我在它上面打着滚，翻着筋斗。它在我的底下发出嗤嗤的笑声，我在它上面哈哈地回答着。我的心是和它合一的。我和它一样地柔和，和它一样地洁白。我同它到处跳跃，我同它到处飞跑着。我站在屋外，我愿意它把我造成一个雪和尚。我躺在地上，愿意它像母亲似的在我的身上盖下柔软的美丽的被窝；我愿意随着它在空中飞舞；我愿意随着它落在人的肩上；我

生活给了我一拳，
　但我出的是布

愿意雪就是我，我就是雪。我年轻。我有勇气。我有最宝贵的生命的力。我不知道忧虑，不知道苦恼和悲哀……

"没有意思！你这老年人！"我听见幼年的我对着过去的那些我这样说了。正如过去的那些我骄傲地对别个所说的一样。

不错，一切的雪天的生活和幼年的雪天的生活一比，过去的和现在的喜悦，是像这钻进窗隙落到我桌上的雪花一样，渐渐融化，而且立刻消失了。

然而，对着这时穿着一袭破单衣，站在屋角里发抖的或竟至于僵死在雪地上的穷人，则我的幼年时候快乐的雪天生活的意义，又如何呢？这个他，对着这个我，不也在说着"没有意思！"的话吗？

而这个死有完肤的他，对着这时正在零度以下的长城下，捧着冻结了的机关枪，即将被炮弹打成雪片似的兵士，则其意义又将怎样呢？"没有意思！"这句话，该是谁说呢？

天呵，我不能再想了。人间的欢乐无平衡，人间的苦恼亦无边限。世界无终极之点，人类亦无末日之时。我既生为今日的我，为什么要追求或留恋今日的我以外的我呢？今日的我，虽说是寂寞地孤单地看守着永没有人或电话来访问的房子，但既可以安逸地躲在房子里烤着火，避免风雪的寒冷，又可以隔着玻璃，诗人一般地静

> 第二章
> 万物于我，都是自由诗

默地鉴赏着雪花飞舞的美的世界，不也是足以自满的我吗？

抓住现实。只有现实是最宝贵的。

眼前雪花飞舞着的世界，就是最现实的现实。

看呵！美丽的雪花飞舞着呢。这就是我三年来相思着而不能见到的雪花。

> 生活给了我一拳，
> 但我出的是布

快阁的紫藤花 / 徐蔚南

细雨蒙蒙，百无聊赖之时，偶然从《花间集》里翻出了一朵小小的枯槁的紫藤花，花色早褪了，花香早散了。啊，紫藤花！你真令人怜爱呢。岂仅怜爱你，我还怀念着你的姊妹们——一架白色的紫藤、一架青莲色的紫藤——在那个园中静悄悄地消受了一宵冷雨，不知今朝还能安然无恙否？

啊，紫藤花！你常住在这诗集里吧，你是我前周畅游快阁的一个纪念。

快阁是陆放翁饮酒赋诗的故居，离城西南三里，正是鉴湖绝胜之处。去岁初秋，我曾经去过了，寒中又重游一次，前周复去是第三次了。但前两次都没有给我多大印象，这次去后，情景不同了，快阁的景物时时在眼前显现——尤其使人难忘的，便是那园中

第二章
万物于我，都是自由诗

的两架紫藤。

快阁临湖而建，推窗外望：远处是一带青山，近处是隔湖的田亩。田亩间分成红绿黄三色：红的是紫云英，绿的是豌豆叶，黄的是油菜花。一片一片互相间着，美丽得远胜人间锦绣。东向，丛林中，隐约间露出一个塔尖，尤有诗意，桨声渔歌又不时从湖面飞来。这样的景色，晴天固然极好，雨天也必神妙，诗人居此，安得不颓放呢？放翁自己说："桥如虹，水如空，一叶飘然烟雨中，天教称放翁。"是的，确然天叫他称放翁的。

阁旁有花园二，一在前，一在后。前面的一个，又以墙壁分成为二，前半叠假山，后半凿小池。池中植荷花，如在夏日，红莲、白莲盖满一池，自当另有一番风味。池前有"春花秋月楼"，楼下有匾额曰"飞跃处"，此是指池鱼言。其实，池中只有很小很小的小鱼，要它跃，也跃不起来，如何会飞跃呢？

园中的映山红和踯躅都很鲜妍，但远不及山中野生的自然。

自池旁折向北，便是那后花园了。

我们一踏进后花园，便有一架紫藤呈在我们眼前。这架紫藤正在开花最盛的时候，一球一球重叠盖在架上的，俯垂在架旁的，尽是花朵。花蕊是黄的，花瓣是洁白的，而且看上去似乎很肥厚的。更有无数的野蜂在花朵上下左右"嗡嗡"地叫着——乱哄哄地飞着。它们是在采蜜吗？它们是在舞蹈吗？它们是在和花朵游戏吗？……

我在架下仰望这一堆花、一群蜂。我便想象这无数的白花朵是一群天真无垢的女孩子，伊们赤裸裸地在一块儿拥着、抱着、偎着、卧着、吻着、戏着；那无数的野蜂便是一大群的男孩，他们正在唱歌给伊们听，正在奏乐给伊们听。渠们是结恋了，渠们是在痛快地享乐那阳春，渠们是在创造只有青春、只有恋爱的乐土。

这种想象绝不是仅我一人所有，无论谁看了这无数的花和蜂，都将生出一种神秘的想象来。同我一块儿去的方君，看见了也拍手叫起来。他向那低垂的一球花朵热烈地亲了个嘴，说道："鲜美呀！呀，鲜美！"他又说："我很想把花朵摘下两枝来挂在耳上呢。"

离开这架白紫藤十几步，有一围短短的冬青。绕过冬青，穿过一畦豌豆，又是一架紫藤。不过，这一架是青莲色的，和那白色的相比，各有美处。但是就我个人说，却更爱这青莲色的，因为淡薄的青莲色呈在我眼前，便能使我感到一种平和、一种柔婉，并且使我有如饮了美酒，有如进了梦境。

很奇异，在这架花上，野蜂竟一只也没有。落下来的花瓣在地上已有薄薄的一层。原来这架花朵的青春已逝了，无怪野蜂散尽了。

我们在架下的石凳上坐了下来，观看那正在一朵一朵飘下的花儿。花也知道求人爱怜似的，轻轻地落了一朵在我膝上，我俯下看时，颈项里感得飕飕地一冷，原来又是一朵。它接连着落下来，落在我们的眉上，落在我们的脚上，落在我们的肩上。我们在这又轻又软又香的花雨里，几乎睡去了。

猝然"骨碌碌"一声怪响，我们如梦初醒，四目相向，颇形惊诧。即刻又是"骨碌碌"地响了。

方君说："这是啄木鸟。"

临去时，我总舍不得这架青莲色的紫藤，便在地上拾了一朵，夹在《花间集》里。夜深人静的时候，我每取出这朵花来默视一会儿。

生活给了我一拳，
　但我出的是布

书 / 朱湘

拿起一本书来，先不必研究它的内容，只是它的外形，就已经很够我们的赏鉴了。

那眼睛看来最舒服的黄色毛边纸，单是纸色已经在我们的心目中引起一种幻觉，令我们以为这书是一个逃免了时间之摧残的遗民。它所以能幸免而来与我们相见的这段历史的本身，就已经是一本书，值得我们的思索、感叹，更不须提起它的内含的真或美了。

还有那一个个正方的形状、美丽的单字。每个字的构成，都是一首诗；每个字的沿革，都是一部历史。"飙"是三条狗的风：在秋高草枯的旷野上，天上是一片青，地上是一片赭，中疾的猎犬风一般快地驰过，嗅着受伤之兽在草中滴下的血腥，顺了方向追

第二章
万物于我，都是自由诗

去，听到枯草飒索地响，有如秋风卷过去一般。"昏"是"婚"的古字：在太阳下了山、对面不见人的时候，有一群人骑着马，擎着红光闪闪的火把，悄悄向一个人家走近。等着到了竹篱柴门之旁的时候，在狗吠声中，趁着门还未闭，一声喊齐拥而入，让新郎从打麦场上挟起惊呼的新娘打马而回。同来的人则抵挡着新娘的父兄，做个不打不成交的亲家。

印书的字体有许多种：宋体挺秀有如柳字，麻沙体夭矫有如欧字，书法体娟秀有如褚字，楷体端方有如颜字。楷体是最常见的了。这里面又分出许多不同的种类来：一种是通行的正方体；还有一种是窄长的楷体，棱角最显；一种是扁短的楷体，浑厚颇有古风。还有写的书：或全楷体，或半楷体，它们不单看来有一种密切的感觉，并且有时有古代的写本，很足以考证今本的印误，以及文字的假借。

如果在你面前的是一本旧书，则开章第一篇你便将看见许多朱色的印章，有的是雅号，有的是姓名。在这些姓名别号之中，你说不定可以发现古代的收藏家或是名倾一世的文人，那时候你便可以让幻想驰骋于这朱红的方场之中，构成许多缥缈的空中楼阁来。还有那些朱圈，有的圈得豪放，有的圈得森严，你可以就它们的姿态，以及它们的位置，悬想出读这本书的人是一个少年，还是老人，是一个放荡不羁的才子，还是老成持重的儒者。你也能借此揣摩出这主人翁的命运：他的书何以流散到了人间？是子孙不肖，将他舍弃了？是遭兵逃反，被一班庸奴偷窃出了他的藏书楼？还是运气不好，家道中衰，自己将它售卖了，来填偿债务，或是支持家庭？书的旧主人是这样。我呢？我这书的今主人呢？他当时对着雕花的端砚，拿起新发的朱笔，在清淡的炉香气息中，圈点这本他心爱的书，那时候，他是绝想不到这本书的未来命运、他自己的未来命运，是个怎样结局的；正如这现在读着这本书的我，不能知道我未来的命运将要如何一般。

更进一层，让我们来想象那作书人的命运：他的悲哀、他的失望，无一不自然地流露在这本书的字里行间，让我们读的时候，时而跟着他啼，时而为他扼腕太息。要是，不幸上再加上不幸，遇到秦始皇或是董卓，将他一生心血呕成的文章一把火烧为乌有，或是像《金瓶梅》《红楼梦》《水浒传》一般命运，被浅见者标作禁书，那更是多么可惜的事情呵！

天下事真是不如意的多。不讲别的，只说书这件东西，它是再与世无争也没有的了，也都要受这种厄运的摧残。至于那琉璃一般脆弱的美人、白鹤一般兀傲的文士，他们的遭忌更是不言而喻了。试想含意未伸的文人，他们在不得意时，有的樵采，有的放

第二章
万物于我，都是自由诗

牛，不仅无异于庸人，并且备受家人或主子的轻蔑与凌辱；然而他们天生的性格倔强，世俗越对他白眼，他却越有精神。他们有的把柴挑在背后，拿书在手里读；有的骑在牛背上，将书挂在牛角上读；有的在蚊声如雷的夏夜，囊了萤照着书读；有的在寒风冻指的冬夜，拿了书映着雪读。然而时光是不等人的，等到他们学问已成的时候，眼光是早已花了，头发是早已白了，只是在他们的头额上新添加了一些深而长的皱纹。

咳！不如趁着眼睛还清朗，鬓发尚未成霜，多读一读"人生"这本书吧！

生活给了我一拳,
但我出的是布

故乡的杨梅 / 鲁彦

  过完了长期的蛰伏生活,眼看着新黄嫩绿的春天爬上了枯枝,正欣喜着想跑到大自然的怀中,发泄胸中的抑郁,却忽然病了。

  唉,忽然病了。

  我这粗壮的躯壳,不知道经过了多少炎夏和严冬,被轮船和火车抛掷过多少次海角与天涯,尝受过多少辛劳与艰苦,从来不知道颤栗或疲倦的呵,现在却呆木地躺在床上,不能随意地转侧了。

  尤其是这躯壳内的这一颗心。它历年可是铁一样的。对着眼前的艰苦,它不会畏缩;对着未来的憧憬,它不肯绝望;对着过去的痛苦,它不愿回忆的呵;然而现在,它却尽管凄凉地往复地想了。

  唉,唉,可悲呵,这病着的躯壳的病着的心。

第二章
万物于我,都是自由诗

尤其是对着这细雨连绵的春天。

这雨,落在西北,可不全像江南的故乡的雨吗?细细的,丝一样,若断若续的。

故乡的雨,故乡的天,故乡的山河和田野……还有那蔚蓝中衬着整齐的金黄的菜花的春天,藤黄的稻穗带着可爱的气息的夏天,蟋蟀和纺织娘们在濡湿的草中唱着诗的秋天,小船吱吱地触着沉默的薄冰的冬天……还有那熟识的道路,还有那亲密的故居……

不,不,我不想这些,我现在不能回去,而且是病着,我得让我的心平静,恢复我过去的铁一般的坚硬,告诉自己:这雨是落在西北,不是故乡的雨——而且不像春天的雨,却像夏天的雨。

不要那样想吧,我的可怜的心呵,我的头正像夏天的烈日下的汽油缸,将要炸裂了,我的嘴唇正干燥得将要迸出火花来了呢。让这夏天的雨来压下我头部的炎热,让……让……

唉,唉,就说是故乡的杨梅吧……它正是在类似这样的雨天成熟的呵。

故乡的食物,我没有比这更喜欢的了。倘若我爱故乡,不如就说我完全是爱的这叫作杨梅的果子吧。

呵,相思的杨梅!它有着多么惊异的形状、多么可爱的颜色、多么甜美的滋味呀。

　　它是圆的,和大的龙眼一样大小,远看并不稀奇,拿到手里,原来它是遍身生着刺的哩。这并非它的壳,这就是它的肉。不知道的人,一定以为这满身生着刺的果子是不能进口的了,否则也须用什么刀子削去那刺的尖端的吧?然而这是过虑。它原来是希望人家爱它吃它的。只要等它渐渐长熟,它的刺也渐渐软了,平了。那时放到嘴里,软滑之外还带着什么感觉呢?没有人能想得到,它还保存着它的特点,每一根刺平滑地在舌尖上触了过去,细腻柔软而且亲切——这好比最甜蜜的吻,使人迷醉呵!

　　颜色更可爱呢。它最先是淡红的,像娇嫩的婴儿的面颊,随后变成了深红,像是处女的害羞,最后黑红了——不,我们说它是黑的。然而它并不是黑,也不是黑红,原来是红的。太红了,所以像是黑。轻轻地啄开它,我们就看见了那新鲜红嫩的内部,同时我们已染上了一嘴的红水。说它新鲜红嫩,有的人也许以为一定像贵妃的肉色似的荔枝吧?嗳,那就错了。荔枝的光色是呆板的,像玻璃,像鱼目;杨梅的光色却是生动的,像映着朝霞的露水呢。

　　滋味吗?没有十分成熟是酸带甜,成熟了便单是甜。这甜味可决不使人讨厌,不但爱吃甜味的人尝了一下舍不得丢掉,就连不爱吃甜味的人也会完全给它吸引住,越吃越爱吃。它是甜的,然而又

第二章
万物于我，都是自由诗

依然是酸的，而这酸味，我们须待吃饱了杨梅以后，再吃别的东西的时候，才能领会得到。那时我们才知道自己的牙齿酸了，软了，连豆腐也咬不下了，于是我们才恍然悟到刚才吃多了酸的杨梅。我们知道这个，然而我们仍然爱它，我们仍须吃一个大饱。它真是世上最迷人的东西。

唉，唉，故乡的杨梅呵！

细雨如丝的时节，人家把它一船一船地载来，一担一担地挑来。我们一篮一篮地买了进来，挂一篮在檐口下，放一篮在水缸盖上，倒上一脸盆，用冷水一洗，一颗一颗地放进嘴里，一面还没有吃了，一面又早已从脸盆里拿起了一颗，一口气吃了一二十颗，有时来不及把它的核一一吐出来，便一直吞进了肚里。

"生了虫呢……蛇吃过了呢……"母亲看见我们吃得快、吃得多，便这样地说了起来，要我们仔细地看一看，多多地洗一番。

但我们并不管这些，它成了我们的生命，我们越吃越快了。

"好吃，好吃。"我们心里这样想着，嘴里却没有余暇说话。待肚子胀上加胀，胀上加胀，眼看着一脸盆的杨梅吃得一颗也不留，这才呆笨地挺着肚子，走了开去，叹气似的嘘出一声"咳"来……

唉，可爱的故乡的杨梅呵！

一年，二年……我已有十六七年不曾尝到它的滋味了。偶尔回到故乡，不是在严寒的冬天，便是在酷热的夏天，或者杨梅还未成熟，或者杨梅已经落完了。这中间，曾经有两次，在异地见到过杨梅，比故乡的小，比故乡的酸，颜色又不及故乡的红。我想回味过去，把它买了许多来。

"长在树上，有虫爬过，有蛇吃过呢……"

我现在成了大人，有了知识，爱惜自己的生命甚于杨梅了。我用沸滚的开水去细细地洗杨梅，觉得还不够消除那上面的微菌似的。于是它不但更不像故乡的，简直不是杨梅了。我只尝了一二颗，便不再吃下去。

最后一次，我终于在离故乡不远的地方见到了可爱的故乡的杨梅。

然而又因为我成了大人，有了知识，爱惜自己的生命甚于杨梅，偶然发现一条小虫，也就拒绝了回味的欢愉。

现在我的味觉也显然改变了，即使回到故乡，遇到细雨如丝的杨梅时节，即使并不害怕从前的那种吃法，我的舌头应该感觉不出从前的那种美味了，我的牙齿应该不能像从前似的能够容忍那酸性了。

唉，故乡离开我愈远了。

第二章
万物于我,都是自由诗

我们中间横着许多鸿沟,那不是千万里的山河的阻隔,那是……

唉,唉,我到底病了。我为什么要想到这些呢?

看呵,这眼前的如丝的细雨,不是若断若续地落在西北的春天里吗?

> 生活给了我一拳，
> 但我出的是布

马蹄 /李广田

我不知为什么骑上了一匹黑马，更不知要骑到什么地方，只知道我要登山，我正登山，而山是一直高耸，耸入云际，仿佛永不能达到绝顶。而我的意思又仿佛是要越过绝顶，再达到山的背面，山背面该是有人在那里等待我，我也不知道那人是谁，更不知道那人是什么样子。

我策马，我屏息，我知道我的背上插一面大旗，也知道旗上有几个大字，却永不曾明白那几个字是什么意义。我听得我的旗子随着马蹄声霍霍作响。我的马也屏息着，好像深知道它的负载的重量。

夜已深了，我看不见山路，却只见迎面都是高山，山与天连。仰面看天上的星星，乃如镶嵌在山头，并做了山的夜眼。啊，奇

第二章
万物于我，都是自由诗

迹！我终于发现我意料之外的奇迹了：我的马飞快地在山上升腾，马蹄铁霍霍地击着黑色岩石。随着霍霍的蹄声，乃有无数的金星飞迸。

于是我乃恍然大悟，我知道我这次夜骑的目的了，我是为了发现这奇迹而来的。我看见马蹄的火花，我有无上的快乐，我的眼睛里也迸出火花，我的心血急剧地沸腾。然而我却非常镇静，因为夜是暗黑而死寂的，我必须防着惊醒每一棵草上的露珠，和每一棵树枝上的叶尖，我也不愿让任何精灵来窥探我的发现。这时，天上的星星都变得暗淡了，我简直把它们忘记了，我的呼吸只能跟着马蹄的节拍——这也是夜的进行的节拍。而我的眼睛中就只看见马蹄铁与黑色岩石所击出的星光——天上的星星都陨落了，我脚下的星星却飞散着。我别无所求，我只在黑暗中策骑登山，而我的快乐，就只在看马蹄下的金火。

我乃有意识地祝祷夜的永恒，并诅咒平原的坦荡，因为我的奇迹是只在黑暗的深山中才会发现，而我的马呢，它会为平原的道路所困死，我的旗帜也将为平原的和风所摧折。

生活给了我一拳，
但我出的是布

扬州的夏日 / 朱自清

扬州从隋炀帝以来，是诗人文士所称道的地方；称道得多了，称道得久了，一般人便也随声附和起来。直到现在，你若向人提起扬州这个名字，他会点头或摇头说："好地方！好地方！"特别是没去过扬州而念过唐诗的人，在他心里，扬州真像蜃楼海市一般美丽；他若念过《扬州画舫录》一类书，那更了不得了。但在一个久住扬州像我的人，他却没有那么多美丽的幻想，他的憎恶也许掩住了他的爱好，他也许离开了三四年并不去想它。若是想呢——你说他想什么？女人？不错，这似乎也有名，但怕不是现在的女人吧？——他只会想着扬州的夏日，虽然与女人仍然不无关系的。

北方和南方一个大不同，在我看，就是北方无水而南方有。诚然，北方今年大雨，永定河、大清河甚至决了堤防，但这并不

第二章
万物于我，都是自由诗

能算是有水；北平的三海和颐和园虽然有点儿水，但太平衍了，一览而尽，船又那么笨头笨脑的。有水的仍然是南方。扬州的夏日，好处大半便在水上——有人称为"瘦西湖"。这个名字真是太"瘦"了，假西湖之名以行，"雅得这样俗"，老实说，我是不喜欢的。下船的地方便是护城河，蔓延开去，曲曲折折，直到平山堂——这是你们熟悉的名字——有七八里河道，还有许多杈杈桠桠的支流。这条河其实也没有顶大的好处，只是曲折而有些幽静，和别处不同。

沿河最著名的风景是小金山、法海寺、五亭桥，最远的便是平山堂了。金山你们是知道的，小金山却在水中央。在那里望水最好，看月自然也不错——可是我还不曾有过那样的福气。"下河"的人十之八九是到这儿的，人不免太多些。法海寺有一个塔，和北海的一样，据说是乾隆皇帝下江南，盐商们连夜督促匠人造成的。法海寺著名的自然是这个塔；但还有一桩，你们猜不着，是红烧猪头。夏天吃红烧猪头，在理论上也许不甚相宜，可是在实际上，挥汗吃着，倒也不坏的。五亭桥，如名字所示，是五个亭子的桥。桥是拱形，中一亭最高，两边四亭，参差相称；最宜远看，或看影子，也好。桥洞颇多，乘小船穿来穿去，另有风味。平山堂在蜀冈上。登堂可见江南诸山淡淡的轮廓；"山色有无中"一句话，我看是恰到好处，并不算错。这里游人较少，闲坐在堂上，可以永日。沿路光景，也以闲寂胜。从天宁门或北门下船，蜿蜒的城墙在水里倒映着苍黝的影子，小船悠然地撑过去，岸上的喧扰像没有似的。

船有三种：大船专供宴游之用，可以挟妓或打牌。小时候常跟了父亲去，在船里听着谋得利洋行的唱片。现在这样乘船的大概少了吧？其次是"小划子"，真像一瓣西瓜，由一个男人或女人用竹篙撑着。乘的人多了，便可雇两只，前后用小凳子跨着：这也可算得"方舟"了。后来又有一种"洋划"，比大船小，比"小划子"大，上支布篷，可以遮日遮雨。"洋划"渐渐地多，大船渐渐地少，然而"小划子"总是有人要的。这不独因为价钱最贱，也因为它的伶俐。一个人坐在船中，让一个人在船尾上用竹篙一下一下地撑着，简直是一首唐诗，或一幅山水画。而有些好事的少年，愿意自己撑船，也非"小划子"不行。"小划子"虽然便宜，却也有些分别。譬如说，你们也可想到的，女人撑船总要贵些，姑娘撑的自然更要贵啰。这些撑船的女子，便是有人说过的"瘦西湖上的船娘"。船娘们的故事大概不少，但我不很知道。据说以乱头粗服、风趣天然为胜；中年而有风趣，也仍然算好。可是起初原是逢场作戏，或尚不伤廉惠；以后居然有了价格，便觉意味索然了。

第二章
万物于我，都是自由诗

　　北门外一带，叫作下街，茶馆最多，往往一面临河。船行过时，茶客与乘客可以随便招呼说话。船上人若高兴时，也可以向茶馆中要一壶茶，或一两种小笼点心，在河中喝着、吃着、谈着。回来时再将茶壶和所谓小笼，连价款一并交给茶馆中人。撑船的都与茶馆相熟，他们不怕你白吃。扬州的小笼点心实在不错：我离开扬州，也走过七八处大大小小的地方，还没有吃过那样好的点心；这其实是值得惦记的。茶馆的地方大致总好，名字也颇有好的，如香影廊、绿杨村、红叶山庄，都是到现在还记得的。绿杨村的幌子挂在绿杨树上，随风飘展，使人想起"绿杨城郭是扬州"的名句。里面还有小池、丛竹、茅亭，景物最幽。这一带的茶馆布置都历落有致，迥非上海、北平方方正正的茶楼可比。

　　"下河"总是下午。傍晚回来，在暮霭朦胧中上了岸，将大褂折好搭在腕上，一手微微摇着扇子，这样进了北门或天宁门走回家中。这时候可以念"又得浮生半日闲"那一句诗了。

他们尽是可爱的！ /章衣萍

我总觉得，我所住的羊市大街，的确污秽而且太寂寞了。我有时到街上闲步，只看见污秽的小孩，牵着几只呆笨的骆驼，在那灰尘满目的街上徐步。来往的车马是零落极了。有时也有几辆陈旧的洋车，拉着五六十岁的衰弱老人，或者是三四十岁的丑陋妇女，在那灰尘当中撞过。两旁尽站着些狭小的店铺，这些店铺我是从来没有进去买过东西的，门前冷落如坟墓。

"唉，这样凄凉而寂寞的地方！"我长嘘了一口气，回到房里。东城，梦里的东城，只有她是我生命的安慰者：北河沿的月夜，携手闲游；沙滩的公寓里，围炉闲话；大学夹道中的朋友，对坐谈鬼。那里，那里的朋友是学富才高，那里的朋友是年青貌美，那里的朋友是活泼聪明。冬夜是最恼人的！我有时从梦中醒来，残灯未灭，想到那如梦如烟的东城景象，心中只是凄然、怃然，十分难受！

记得Richard C.Cabot（卡伯特）在他的 *What men Live By* 《人靠什么而活》一书中，曾说到人生不可缺的四种东西——工作、爱情、信仰与游戏。然而我，我的生命的寸步不离的伴侣，只有那缠绵不断的工作呵！我是一个不相信宗教而且失恋的人。说到游戏那就更可怜了。这样黑暗而寥落的北京城，哪里找得正当游戏的地方？逛新世界吗？逛城南游艺园吗？那样污秽的地方，我要去也又何忍去！

我真觉得寂寞极了。我只有让那做不完的工作来消磨我的可怜的生命。

说来也惭愧，我在羊市大街住了一年，竟没有在左近找着一个相识而且很好的朋友。我是一个爱美爱智的人，我诅咒而厌恶那丑陋和愚蠢。这羊市大街的左右，多的是污秽的商店和愚蠢的工人和车夫，我应该向谁谈话呢？

然而我觉悟，现在已觉悟了。美和智是可爱的，善却同他们一般地可爱。

为了办平民读书处，我才开始同羊市大街的市民接触了。第一次进去的，是一个狭小的铜匠铺。当我走进门的时候，里面两个匠人正站在炉火旁边,做他们未完的工作。他们看见我同他们点头,似乎有些奇怪起来了。"先生,你来买些什么东西?"一个四十几岁的铜匠,从他的瘦黑的脸色中,足以看出他的半生的辛苦。我含笑殷勤地这般对他说:"我不是来买东西的,我是来劝你们读书的。你愿意读书吗?我住在帝王庙。你愿意,我可送你们四本书,四本书共有一千个字,四个月读完。你愿意读,你晚上有工夫,我们可以派人来教你。"他听完我的话以后,乐得几乎跳起来了。"那是极好的事!我从小因为没有钱,所以读不起书。唉,现在真是苦极了。记一笔账,写一封信,也要去拜托旁人。先生,我愿意,我的徒弟也愿意,就请你老每晚来教我们吧。只是劳驾得很!"我从袋里拿出四本《平民千字课》,告诉他晚上再来,便走出铜匠铺了。他送我出门,从他的微笑里,显出诚恳的感激的样子。我此时心中真快乐,这种快乐却异乎寻常。The happy are made by the question of good things. 比寻些损害他人、利益自己的快乐高贵得多了。我是从学生社会里刚出来的人,我只觉得那红脸黑发的活泼青年是可爱的,我几乎忘记了那中年社会的贫苦人民,他们也有我们同样的理性、同样的感情、同样的洁白良心,只是没有我们同样的机会,所以造成那样悲惨的境遇。许多空谈改革社会的青年们呵!我们关起门来读一两本马克思

第二章
万物于我，都是自由诗

或是克鲁巴特金的书籍，便以为满足了吗？如果你们要社会变成你们理想的天国，你们应该使多数的兄弟姊妹懂得你们的思想。教育比革命还要紧些。朋友们，我们应该用我们的心血去替代那鲜红的热血！我此时脑中的思想风起泉涌，我又走进一个棺材铺了。一进门，看见许多的大小棺材，我便想起守方对我说的话："看见了棺材，心中便觉得害怕起来。"但是，胆小的朋友呵！我们又谁能够不死呢？Marous Arelius（马克·奥勒留）说得好："死是挂在你的头上的！当你还活着的时候，当你还有权力的时候，努力变成一个好人吧！"这是我们应该时时刻刻记着的话。那棺材铺中的一个老头儿，破碎的棉袄，抽着很长的烟袋。他含笑地对我说："先生，请坐。"我此时也忍不住地笑起来了。我说："我不是来买棺材的，我是来劝你们读书的。老人家，你有几个伙计？他们都认识字吗？""我没有伙计，只有一个儿子。哈哈！先生，我今年六十五岁了。你看我还能读书吗？"我的心中真感动极了。我便告诉他平民读书处的办法，随后又送了他两本《平民千字课》。他说："很好！四个月能够读完一千字，我虽然老了，也愿意试试看。"他恭恭敬敬地端出一碗茶给我，我喝完了茶，便走出门了。我本是一个厌恶老年人的，此时很忏悔我从前的谬误。诚恳而且真实的人们是应该受敬礼的，我们应该敬礼那诚实的老人，胜过那浮滑的青年！我乘兴劝导设立平民读书处，走进干果铺、烧饼铺、刻字铺，在几十分钟之内接谈了十几个商人，他们的态度都那么诚恳，那么动人，那么朴实可爱。

太阳已经没有了，我孤单单地回到帝王庙去。我仿佛看见羊市大街左右的店铺里尽是些可爱的人，心中觉得无限快乐、无限安慰。我忘记了这是一条污秽而寂寞的街市！丑陋和愚蠢是掩不了善的存在和价值的。美和智能给人快乐，也能给人忧愁。只有善才是人生最后的目的，也是最大的快乐！我走进自己的房里，将房门关起来，呆坐在冷清的灯光面前，什么忧愁都消灭了。只有那与人为善的观念，像火一般地燃烧在寂寞的心里。

第二章
万物于我，都是自由诗

雨的感想 / 周作人

今年夏秋之间北京的雨下得不大多，虽然在田地里并不旱干，城市中也不怎么苦雨，这是很好的事。北京一年间的雨量本来颇少，可是下得很有点特别，它把全年份的三分之二强在六、七、八月中间落了，而七月的雨又几乎要占这三个月份总数的一半。照这个情形说来，夏秋的苦雨是很难免的。在民国十三年和二十六年，院子里的雨水上了阶沿，进到西书房里去，证实了我的苦雨斋的名称。这都是在七月中下旬，那种雨势与雨声想起来也还是很讨嫌，因此对于北京的雨我没有什么好感，像今年的雨量不多，虽是小事，但在我看来自然是很可感谢的了。

不过讲到雨，也不是可以一口抹杀，以为一定是可嫌恶的。这须得分别言之，与其说时令，还不如说要看地方而定。在有些地方,雨并不可嫌恶,即使不必说是可喜。囫囵地说一句南方,恐怕不能得要领,我想不如具体地说明,在到处有河流,满街是石板路的地方,雨是不觉得讨厌的,那里即使会涨大水,成水灾,也总不至于使人有苦雨之感。我的故乡在浙东的绍兴,便是这样的一个好例。在城里,每条路差不多有一条小河平行着,其结果是街道上桥很多,交通利用大小船只,民间饮食洗濯依赖河水,大家才有自用井,蓄雨水为饮料。河岸大抵高四五尺,下雨虽多尽可容纳,只有上游水发,而闸门淤塞,下流不通,成为水灾,但也是田野乡村多受其害,城里河水是不至于上岸的。因此住在城里的人遇见长雨,也总不必担心水会灌进屋子里来,因为雨水都流入河里,河固然不会得满,而水能一直流去,不致停住在院子或街上者,则又全是石板路的关系。我们不曾听说有下水沟渠的名称,但是石板路的构造仿佛是包含有下水计划在内的,大概石板底下都用石条架着,无论多少雨水全由石缝流下,一总到河里去。人家里边的通路以及院子即所谓明堂也无不是石板,室内才用大方砖砌地,俗名曰"地平"。在老家里有一个长方的院子,承受南北两面楼房的雨水,即使下到四十八小时以上,也不见它停留一寸半寸的水,现在想起来觉得很是特别。秋季长雨的时候,睡在一间小楼上或是书房内,整夜地听雨声不绝,固然是一种喧嚣,却也可以说是一种肃

第二章
万物于我，都是自由诗

寂，或者感觉好玩也无不可，总之不会使人忧虑的。吾家濂溪先生有一首《夜雨书窗》的诗云：

秋风扫暑尽，半夜雨淋漓。
绕屋是芭蕉，一枕万响围。
恰似钓鱼船，蓬底睡觉时。

这诗里所写的不是浙东的事，但是情景大抵近似，总之说是南方的夜雨是可以的吧。在这里便很有一种情趣，觉得在书室听雨如睡钓鱼船中，倒是很好玩似的。大雨无论久暂，道路不会泥泞，院落不会积水，用不着什么忧虑，所有的唯一的忧虑只是怕漏。大雨急雨从瓦缝中倒灌而入，长雨则瓦都湿透了，可以浸润缘入，若屋顶破损，更不必说，所以雨中搬动面盆水桶，罗列满地，承接屋漏，是常见的事。民间故事说不怕老虎只怕漏，生出偷儿和老虎猴子的纠纷来，日本也有虎狼古屋漏的传说，可见此怕漏的心理分布得很是广远也。

下雨与交通不便本是很相关的，但在上边所说的地方也并不一定如此。一般交通既然多用船只，下雨时照样地可以行驶，不过篷窗不能推开，坐船的人看不到山水村庄的景色，或者未免气闷，但

生活给了我一拳，
　但我出的是布

是闭窗坐听急雨打篷，如周濂溪所说，也未始不是有趣味的事。再是舟子，他无论遇见如何的雨和雪，总只是一蓑一笠，站在后艄摇他的橹，这不要说什么诗味画趣，却是看去总毫不难看，只觉得辛劳质朴，没有车夫的那种拖泥带水之感。还有一层，雨中水行同平常一样地平稳，不会像陆行的多危险，因为河水固然一时不能骤增，即使增涨了，如俗语所云，水涨船高，别无什么害处，其唯一可能的影响乃是桥门低了，大船难以通行，若是一人两桨的小船，还是往来自如。水行的危险盖在于遇风，春夏间往往于晴明的午后陡起风暴，中小船只在河港阔大处，又值舟子缺少经验，易于失事，若是雨则一点都不要紧也。坐船以外的交通方法还有步行。雨中步行，在一般人想来总很是困难的吧，至少也不大愉快。在铺着石板路的地方，这情形略有不同。因为是石板路的缘故，既不积水，亦不泥泞，行路困难已经几乎没有，余下的事只需防湿便好，这有雨具就可济事了。从前的人出门必带钉鞋雨伞，即是为此。只要有了雨具，又有脚力，在雨中要走多少里都可随意，反正地面都是石板，城坊无须说了，就是乡村间其通行大道至少有一块石板宽的路可走，除非走入小路岔道，并没有泥泞难行的地方。本来防湿的方法最好是不怕湿，赤脚穿草鞋，无往不便利平安，可是上策总难实行，常人还只好穿上钉鞋，撑了雨伞，然后安

第二章
万物于我，都是自由诗

心地走到雨中去。我有过好多回这样地在大雨中间行走，到大街里去买吃食的东西，往返就要花两小时的工夫，一点都不觉得有什么困难。最讨厌的还是夏天的阵雨，出去时大雨如注，石板上一片流水，很高的钉鞋齿踏在上边，有如低板桥一般，倒也颇有意思，可是不久云收雨散，石板上的水经太阳一晒，随即干涸，我们走回来时把钉鞋踹在石板路上"嘎嗒嘎嗒"地响，自己也觉得怪寒碜的，街头的野孩子见了又要起哄，说是旱地乌龟来了。这是夏日雨中出门的人常有的经验，或者可以说是关于钉鞋雨伞的一件顶不愉快的事情吧。

以上是我对于雨的感想，因了今年北京夏天不下大雨而引起来的。但是我所说的地方的情形也还是民国初年的事，现今一定很有变更，至少路上石板未必保存得住，大抵已改成蹩脚的马路了吧，那么雨中步行的事便有点不行了。假如河中还可以行船，屋下水沟没有闭塞，在篷底窗下可以平安地听雨，那就已经是很可喜幸的了。

生活给了我一拳,
但我出的是布

海燕 / 郑振铎

乌黑的一身羽毛,光滑漂亮,积伶积俐,加上一双剪刀似的尾巴、一对劲俊轻快的翅膀,凑成了那样可爱的活泼的一只小燕子。当春间二三月,轻飔微微地吹拂着,如毛的细雨无因地由天上洒落着,千条万条的柔柳,齐舒了它们的黄绿的眼,红的、白的、黄的花,绿的草,绿的树叶,皆如赶赴市集者似的奔聚而来,形成了烂漫无比的春天时,那些小燕子,那么伶俐可爱的小燕子,便也由南方飞来,加入了这个隽妙无比的春景的图画中,为春光平添了许多的生趣。小燕子带了它的双剪似的尾,在微风细雨中,或在阳光满地时,斜飞于旷亮无比的天空之上,唧的一声,已由这里稻田上,飞到了那边的高柳之下了。再几只却隽逸地在粼粼如縠纹的湖面横掠着,小燕子的剪尾或翼尖,偶沾了水面一下,那

第二章
万物于我，都是自由诗

小圆晕便一圈一圈地荡漾了开去。那边还有飞倦了的几对，闲散地憩息于纤细的电线上——嫩蓝的春天，几支木杆、几痕细线连于杆与杆间，线上停着几个粗而有致的小黑点，那便是燕子，是多么有趣的一幅图画呀！还有一家家的快乐家庭，他们还特为我们的小燕子备了一个两个小巢，放在厅梁的最高处，假如这家有了一个匾额，那匾后便是小燕子最好的安巢之所。第一年，小燕子来住了；第二年，我们的小燕子，就是去年的一对，它们还要来住。

"燕子归来寻旧垒。"

还是去年的主，还是去年的宾，他们宾主间是如何地融融泄泄呀！偶然地有几家，小燕子却不来光顾，那便很使主人忧戚。他们邀召不到那么隽逸的嘉宾，每以为自己命运的蹇劣呢。

这便是我们故乡的小燕子，可爱的活泼的小燕子，曾使几多的孩子们欢呼着、注意着、沉醉着，曾使几多的农人们、市民们忧戚着，或抒怀地指点着，且曾平添了几多的春色、几多的生趣于我们的春天的小燕子！

如今，离家是几千里！离国是几千里！托身于浮宅之上，奔驰于万顷海涛之间，不料却见着我们的小燕子。

这小燕子，便是我们故乡的那一对、两对么？便是我们今春在故乡所见的那一对、两对么？

见了它们，游子们能不引起了，至少是轻烟似的、一缕两缕的乡愁么？

海水是皎洁无比的蔚蓝色，海波是平稳得如春晨的西湖一样，偶有微风，只吹起了绝细绝细的千万个翻翻的小皱纹，这更使照晒于初夏之太阳光之下的、金光灿烂的水面显得温秀可喜。我没有见过那么美的海！天上也是皎洁无比的蔚蓝色，只有几片薄纱似的轻云平贴于空中，就如一个女郎，穿了绝美的蓝色夏衣，而颈间却围绕了一段绝细绝轻的白纱巾。我没有见过那么美的天空！我们倚在青色的船栏上，默默地望着这绝美的海天；我们一点杂念也没有，我们是被沉醉了，我们是被带入晶天中了。

就在这时，我们的小燕子，二只、三只、四只，在海上出现了。它们仍是隽逸地、从容地，在海面上斜掠着，如在小湖面上一样；海水被它的似剪的尾与翼尖一打，也仍是连漾了好几圈圆晕。小小的燕子，浩莽的大海，飞着飞着，不会觉得倦么？不会遇着暴风疾雨么？我们真替它们担心呢！

小燕子却从容地憩着了。它们展开了双翼，身子一落，落在海面上了，双翼如浮圈似的支持着体重，活是一只乌黑的小水禽，在随波上下地浮着，又安闲，又舒适。海是它们那么安好的家，我们真是想不到。

第二章
万物于我，都是自由诗

在故乡，我们还会想象得到，我们的小燕子是这样的一个海上英雄么？

海水仍是平贴无波，许多绝小绝小的海鱼，为我们的船所惊动，群向远处窜去；随了它们飞窜着，水面起了一条条的长痕，正如我们当孩子时之用瓦片打水漂在水面所划起的长痕。这小鱼是我们小燕子的粮食么？

小燕子在海面上斜掠着，浮憩着。它们果是我们故乡的小燕子么？

啊，乡愁呀，如轻烟似的乡愁呀！

生活给了我一拳,
但我出的是布

秋天,这秋天 / 林徽因

这是秋天,秋天,
风还该是温软;
太阳仍笑着那微笑,
闪着金银,夸耀
他实在无多了的
最奢侈的早晚!
这里那里,在这秋天,
斑彩错置到各处
山野,和枝叶中间,
像醉了的蝴蝶,或是
珊瑚珠翠,华贵地失散,

第二章
万物于我，都是自由诗

缤纷降落到地面上。
这时候心得像歌曲，
由山泉的水光里闪动，
浮出珠沫，溅开
山石的喉嗓唱。
这时候满腔的热情
全是你的，秋天懂得，
秋天懂得那狂放——
秋天爱的是那不经意
不经意的凌乱！

但是秋天，这秋天，
他撑着梦一般的喜筵，
不为的是你的欢欣：
他撒开手，一掬璎珞，
一把落花似的幻变，
还为的是那不定的
悲哀，归根儿蒂结住
在这人生的中心！

生活给了我一拳,
    但我出的是布

一阵萧萧的风,起自

昨夜西窗的外沿,

摇着梧桐树哭。——

起始你怀疑着:

荷叶还没有残败;

小划子停在水流中间;

夏夜的细语,夹着虫鸣,

还信得过仍然偎着

耳朵旁温甜;

但是梧桐叶带来桂花香,

已打到灯盏的光前。

一切都两样了,他闪一闪说,

只要一夜的风,一夜的幻变。

冷雾迷住我的两眼,

在这样的深秋里,

你又同谁争?现实的背面

是不是现实?荒诞的,

果属不可信的虚妄?

第二章
万物于我，都是自由诗

疑问抵不住简单的残酷，

再别要悯惜流血的哀惶，

趁一次里，要认清

造物更是摧毁的工匠。

信仰只一细炷香，

那点子亮再经不起西风

沙沙地隔着梧桐树吹！

如果你忘不掉，忘不掉

那同听过的鸟啼、

同看过的花好，信仰

该在过往的中间安睡……

秋天的骄傲是果实，

不是萌芽——生命不容你

不献出你积累的馨芳，

交出受过光热的每一层颜色，

点点沥尽你最难堪的酸怆。

这时候，

切不用哭泣，或是呼唤，

更用不着闭上眼祈祷

> 生活给了我一拳,
> 但我出的是布

(向着将来的将来空等盼);
只要低低地,在静里,低下去
已困倦的头来承受——承受
这叶落了的秋天,
听风扯紧了弦索自歌挽:
这夜,这夜,这惨的变换!

第二章

趁我还鲜活,不许任何人熄灭我

第三章
趁我还鲜活,不许任何人熄灭我

一副"绝缘"的眼镜 / 丰子恺

我们幼时在旷野中游戏,经验过一种很有趣的玩意儿:爬到土山顶上,分开两脚,弯身子,把头倒挂在两股之间,倒望背后的风景。看厌了的田野树屋,忽然气象一新,变成一片从来不曾见过的新颖而美丽的仙乡风景!远处的小桥茅舍,都玲珑得像山水画中的景物;归家的路,蜿蜒地躺在草原之上,似乎是通桃源的仙径。年纪大了以后,僵硬起来,又拖了长袍,身子不便再作这种玩意儿。久不亲近这仙乡的风味了。然而我遇到风景的时候,也有时用手指打个圈子,从圈子的范围内眺望前面的风景。虽然不及幼时所见的那仙乡的美丽,似乎比平常所见也新颖一点。为什么从裤间倒望的风景,和从手指的范围内窥见的风景,比平时所见的新颖而美丽呢?现在回想起来,方知这里面有一种奇妙的作用,其关键就在于裤间的"倒望"和手指的"范围"。因为经过这两种"变形",打断了景物对我们的向来的一切"关系"(例如这是吾乡的某某桥,这是通林家的路),而使景物在我们眼前变成了一片素不相知的全新的光景。因此我们能撇开一切传统实际的念头,而当作一种幻象观看,自然能发现其新颖与美丽了。这"变形"的力真伟大!它能使陈腐枯燥的现世超升为新奇幻妙的仙境,能使这现实的世界化为美的世界。

现在我可以不必借助于这种"变形"的力。我已办到了一副眼镜,戴了这眼镜就可看见美的世界。但这副眼镜不是精益、精华等眼镜公司所卖的,乃是从自己的心中制出,牌子名叫"绝缘"。

戴上这副"绝缘"的眼镜,望出来所见的森罗万象,个个是不相关的独立的存在物。一切事物都变成了没有实用的、专为其自己而存在的有生命的现象。房屋不是供人住的,车不是供交通的,花不是果实的原因,果实不是人的食品。都是专为观赏而设的。眼前一片玩具的世界!

然而我在料理日常生活的时候,不戴这副眼镜。那时候我必须审察事物的性质,顾虑周围的变化,分别人我的界限,计较前后的利害,谨慎小心地把全心放在关系因果中活动。譬如要乘火车:看表、兑钱、买票、做行李、上车,这些时候不可以戴那副眼镜。一

第三章
趁我还鲜活，不许任何人熄灭我

到坐在车中的窗旁，一切都舒齐了，就拿出我那副"绝缘"的眼镜来，戴上了眺望车窗外风景。……在马路上更不容易戴这副眼镜。要戴也只能暂时地一照，否则会被汽车撞倒。如果散步在乡村的田野中，或立在深夜的月下，那就可以尽量地使用这眼镜。进了展览会场中，更非戴这副眼镜不可了。

这眼镜不必用钱购买，人人可以在自己的心头制造。展览会的入场诸君，倘有需要，大可试用一下看。我们在日常的实际生活中，饱尝了世智尘劳的辛苦。我们的心天天被羁绊在以"关系"为经、"利害"为纬而织成的"智网"中，一刻也不得解放。万象都被结住在这网中。我们要把握一件事物，就牵动许多别的事物，终于使我们不能明白认识事物的真相。譬如看见一块洋钱，容易立刻想起这洋钱是银币，可以买物，可以兑十二个角子，是谁所有的，对我有何关系等种种别的事件，而不容易认知这银板浮雕（洋钱）的本身的真相。因此我们的心常常牵系在这千孔百结的网中，而不能"安住"在一种现象上。世智尘劳的辛苦，都是这网所织成的。

习惯了这种世智的辛苦之后，人的头脑完全受了理智化。在无论何时，对于无论何物，都用这种眼光看待。于是永远不能窥见事物的真相，永远不识心的"安住"的乐处了。山明水秀，在他只见跋涉的辛劳；夜静人闲，在他只虑盗贼的钻墙。人生只有苦患。森林在他只见木材，瀑布在他只见水力电气的利用，世界只是一大材料工场。——甚至走进美术展览会中，也用这种眼光来看绘画。一幅画在他的眼中只见"某画家的作品""定价若干""油画""画的是何物"……各种与画的本身全无关系的事件。有时他赞美一幅画，为的是这幅画出于大名家的手迹，或所画的是名人的肖像。荣华富贵的象征（凤凰牡丹等），容貌类似其恋人的美女……有时他非难一幅画，为的是这幅画中的事物画得不像，看不清楚，或所画的是褴褛的乞丐、伤风败俗的裸女……他只看了展览会的背部，没有看见展览会的正面；只看了画的附属物，没有看见画的本身。

假如有这样的入场者，我奉劝他试用我前面所说的那副"绝缘"的眼镜。

第三章
趁我还鲜活,不许任何人熄灭我

我有一个志愿 / 老舍

  我是个没有什么大志愿的人。我向来没说过自己有如何了不起的学问与天才,也没觉得谁的职业比我自己的高贵或低贱。我只希望吃得饱,穿得暖,而尽心尽力地写些文章。

  在写文章中我可是有个志愿——希望能写出一本好的剧本来。虽然我是没有什么远大志愿的人,这个志愿——写个好剧本——可的确不算很小。要达到这个志愿,我须第一,去读很多很多的书——顶好是能上外国去读几年书。第二,我须有戏必看,去"养"我的眼睛。第三,我想我应当到什么剧团中做二年职员,天天和导演、演员,与其他的专门的技术人员有亲密的接触。第四,或者我还应当学学演戏,常扮个什么不重要的角色。把上述四项都做到,我还不知道我是否有写剧的天才。假若没有,我的功夫虽然下到了，可还是难以如愿。这个志愿真的不算小！

恐怕有人以为我不很实诚吧——写个剧本也值得发这么大的愿？好，让咱们往远里说说吧。第一，即使在没有用文字写出来的小说的民族中，他们也必定有口传的诗歌与故事，人，从一个意义来说，是活在记忆中的。他记得过去，才关切将来。否则他们活在虚无缥缈中，不知自己从何而来和要往哪里去。因此，文艺——不管是写出来的还是口传的——不会死亡。文艺出丧的日子，也就是文化死亡的时候。

你看，文艺有多么重要！

第二，等到文化较高了，人们——受宗教的或社会行动的带动——才发明了戏剧。戏剧比诗歌与故事年轻，而在服装上、动作上、谈吐上，都比它的哥哥们更漂亮、活泼、文雅得多。戏剧把当时的文化整个地活现在人的眼前。文化有多么高、多么大，它也就有多么高、多么大。有了戏剧的民族，不会再返归野蛮，它需要好的故事，好的思想，好言语，好的音乐、服装、跳舞，与好的舞台。它还需要受过特别训练的演员与有教养的观众。它不但要包括艺术，也要包括文化！戏剧，从一个意义来说，是文化的发言人。假如你还不大看得起戏剧，就请想想看吧，有没有第二个东西足以代替它？准保没有！再看看，哪一个野蛮民族"有"真正的戏剧？和哪个文化高的民族"没有"戏剧？

你看，戏剧有多么重要！

戏剧既是这么大的东西，我怎能不为要写个剧本而下个很大的志愿呢？它的根子虽然生长在文艺的园地里，它所吸取的却是艺术全部的养分啊！

好吧，虽然我是个没有什么远志的人，我却要在今天——戏剧节——定下这么一个大志愿。这并不是要凑凑热闹，而是想在文化的建设中写写少不得的戏剧呀！文化滋养艺术，艺术又翻回头来领导文化，建设文化。在艺术中，能综合艺术各部门而求其总效果的，只有戏剧。

抗战与文化建设须携手而行。那么，我要立志写个好剧本，大概并不能算作无聊。至于我能否如愿以偿，那就看我的努力如何了。愿与戏剧同仁共勉之。

> 生活给了我一拳，
> 但我出的是布

论废话 / 朱自清

"废话！""别费话！""少说费话！"都是些不客气的语句，用来批评或阻止别人的话的。这可以是严厉的申斥，可以只是亲密的玩笑，要看参加的人、说的话，和用这些语句的口气。"废"和"费"两个不同的字，一般好像表示同样的意思，其实有分别。旧小说里似乎多用"费话"，现代才多用"废话"。前者着重在啰唆，啰唆所以无用；后者着重在无用，无用就觉啰唆。平常说"废物""废料"，都指斥无用，"废话"正是一类。"费"是"白费""浪费"，虽然指斥，还是就原说话人自己着想，好像还在给他打算似的。"废"却是听话的人直截指斥，不再拐那个弯儿，细味起来该是更不客气些。不过约定俗成，我们还是用"废"为正字。

第三章
趁我还鲜活,不许任何人熄灭我

　　道家教人"得意而忘言",言既该忘,到头儿岂非废话?佛家告人真如"不可说",禅宗更指出"开口便错":所有言说,到头儿全是废话。他们说言不足以尽意,根本怀疑语言,所以有这种话。说这种话时虽然自己暂时超出人外言外,可是还得有这种话,还得用言来"忘言",说那"不可说"的。这虽然可以不算矛盾,却是不可解的连环。所有的话到头来都是废话,可是人活着得说些废话,到头来废话还是不可废的。道学家教人少作诗文,说是"玩物丧志",说是"害道",那么诗文成了废话,这所谓诗文指表情的作品而言。但是诗文是否真是废话呢?

　　跟着道家佛家站在高一层看,道学家一切的话也都不免废话;让我们自己在人内言内看,诗文也并不真是废话。人有情有理,一般地看,理就在情中,所以俗话说"讲情理"。俗话也可以说"讲理""讲道理",其实讲的还是"情理",不然讲死理或死讲理怎么会叫作"不通人情"呢?道学家只看在理上,想要将情抹杀,诗文所以成了废话。但谁能无情?谁不活在情里?人一辈子多半在表情地活着;人一辈子好像总在说理、叙事,其实很少同时不在不知不觉中表情的。"天气好!""吃饭了?"岂不都是废话?可是老在人嘴里说着。看个朋友商量事儿,有时得闲闲说来,言归正传。写信也常如此。外交辞令更是不着边际的多——

战国时触龙说赵太后，也正仗着那一番废话。再说人生是个动，行是动，言也是动；人一辈子一半是行，一半是言。一辈子说话作文，若是都说道理，哪有这么多道理？况且谁能老是那么矜持着？人生其实多一半在说废话。诗文就是这种废话。得有点废话，我们才活得有意思。

不但诗文，就是儿歌、民谣、故事、笑话，甚至无意义的接字歌、绕口令，等等，也都给人安慰，让人活得有意思。所以儿童和民众爱这些废话，不但儿童和民众，文人、读书人也渐渐爱上了这些。英国吉士特顿曾经提倡"无意义的话"，并曾推荐那本《无意义的书》，正是儿歌等等的选本。这些其实就可以译为"废话"和"废话书"，不过这些废话是无意义的。吉士特顿大概觉得那些有意义的废话还不够"废"的，所以百尺竿头更进一步。在繁剧的现代生活里，这种无意义的废话倒是可以慰情，可以给我们休息，让我们暂时忘记一切。这是受用，也就是让我们活得有意思。——就是说理，有时也用得着废话，如逻辑家无意义的例句"张三是大于""人类是黑的"等。这些废话最见出所谓无用之用；那些有意义的，其实也都以无用为用。有人曾称一些学者为"有用的废物"，我们也不妨如法炮制，称这些有意义的和无意义的废话为"有用的废话"。废是无用，到头来不可废，就又是有用了。

第三章
趁我还鲜活，不许任何人熄灭我

　　话说回来，废话都有用么？也不然。汉代申公说："为政不在多言，顾力行何如耳。""多言"就是废话。为政该表现于行事，空言不能起信；无论怎么好听，怎么有道理，不能兑现的支票总是废物，不能实践的空言总是废话。这种巧语花言到头来只教人感到欺骗，生出怨望，我们无须"多言"，大家都明白这种废话真是废话。有些人说话爱跑野马，闹得"游骑无归"。有些人作文"下笔千言，离题万里"。但是离题万里跑野马，若能别开生面，倒也很有意思。只怕老在圈儿外兜圈子，兜来兜去老在圈儿外，那就千言万语也是白饶，只教人又腻味又着急。这种才是"知难"，正为不知，所以总说不到紧要去处。这种也真是废话。还有人爱重复别人的话。别人演说，他给提纲挈领；别人谈话，他也给提纲挈领。若是那演说谈话够复杂的或者够杂乱的，我们倒也乐意有人这么来一下。可是别人说得清清楚楚的，他还要来一下，甚至你自己和他谈话，他也要对你来一下——妙在丝毫不觉，老那么津津有味的，真教人啼笑皆非。其实谁能不重复别人的话，古人的，今人的？但是得变化，加上时代的色彩、境地的色彩，或者自我的色彩，总让人觉着有点儿新鲜玩意儿才成。不然真是废话，无用的废话！

生活给了我一拳，
但我出的是布

乞丐和病者 / 陆蠡

仿佛我成了一个乞丐。

我站在市街阴暗的角落，向过往的人们伸手。

我用柔和的声音、温婉的眼光、谦恭的态度，向每一个人要求施舍。

市街的夜是美丽的。各种颜色的光波混和着各种乐曲的音波。在美丽的颜色间有我的黑影，在美丽的音乐中间有我求乞的声音。

无论人们予我以冷淡、轻蔑、讥诮、呵斥，我仍然有着柔和的声音、温婉的眼光和谦恭的态度。

在我的眼中人们都是同等的。不论他们是王侯、公主、贫民、歌女，我同样地用手拦住他们，求一份施舍，一枚铜子或纸币。

第三章
趁我还鲜活，不许任何人熄灭我

我在他们的眼中也是同等的。不论他们是黄种、白种，本国人、异国人，我同样地从他们的手中接到一份施舍——一个铜子或纸币。

我是一无所有。我身上只有一袭破衣衫，但这不是为了蔽寒而是为了礼貌；我的破帽则只是为了承受别人的施舍。我是世界上最穷的人。我没有金钱、名誉、爱情、幸福、地位、事业——一切人们认为美好的东西，我也没有自私、骄矜、吝啬、嫉妒、虚荣、贪欲——一切人们认为丑恶的东西。我如同来这世上的时候，也如同将要离去这世上的时候，我身上没有赘携，心中没有负累。

然而我有一个美丽的东西。我有一个幻想。没有一样东西比我幻想中的东西更美丽、更可爱，没有一块地方比我幻想之境更膏腴、更丰饶，没有一个国家比我幻想之国更自由、更平等。我有可以打开幻想的箱子的钥匙，我有可以进入幻想的国境的护照，这钥匙和护照，便是贫穷。

我还有一种珍贵的财宝，一种人们认为黄金难买的东西。我是"空闲"的所有者。有谁支配他的时间如同我浪费的光阴？有谁看见夜合花在夜里启闭？有谁看见蜗牛在潮湿的墙脚铺下银色的辇道？有谁知道夜里的溪水在石滩上怎样满涨？有谁知道露粒在草叶尖上怎般凝结？更有谁知道一个笑颜在人的脸上闪过而又消失，或是一茎须发的变白？而我，我知道这些多于别人。因为我有多余的"空闲"，我有余闲和自然及人类接近。我消耗我的光阴在极琐细的事情上面，我浪费我的光阴如同我在海里洗澡浪费了一海的水，我是光阴的浪费者。我有浪费的权利。

我可还是另一种宝贵的东西的所有者。我拥有大量的祝福。乞丐的祝福是黄金。没有一种祝福比乞丐的祝福更真诚、更纯洁、更坦白，也是更可贵、更难求的。我用虔心的祝福报答人们的施舍。啊！你说我是在求乞么？不，我是在施予。我分赠我的祝福给愿意接受它的人。你看我穿了破衣衫在街边鹄立，我是来要求每一个过路的人为我打开祝福之门。

我又仿佛成了病者。

我没有病。只因偶时起了惜己之心，想到应当照料一下自己了，于是仿佛病了。

我没有病。只因偶时起了偷闲之心，想着愿意懒一懒呢，于是真的好像病了。

我独自睡在静静的房间里，一张干净的床上。房里有着柔和的光线，一切粗犷的噪声都被隔断。没有人来打扰我，我有正当的理由躲开别人。

于是我开始照料我自己：寒暖、饮食、思维、动作……我照

第三章
趁我还鲜活,不许任何人熄灭我

料我自己如同父母照料一个婴儿,我体贴我自己如同体贴一个情人。我发现自己是那么被疼爱、被宝贵,这种并不高尚的感情在我的心中生长,这回却毫不矛盾地妥协地接受了。病是"自私"的苗床,"自私"在那里生长。

我开始检查我自己:神经、心脏、肝肾、肠胃、皮肤、毛发……我检查自己的过去和现在,忧伤、快乐、悔恨、庆幸、顺遂、蹉跌、奢心、幻灭……我分析我自己如同医士解剖一具死尸,我审鞫我自己如同法官谳问一个犯人。

我发现自己的每一个缺点,正如我熟悉别人的缺点。我不能过分谴责自己,正如不能过分谴责别人,这种并不高尚的感情在我的心中生长,这回又毫不惭愧地妥协地接受了。病是"自私"的苗床,受"宽容"的灌溉。

我愿意有一回病的,我不想避开它。病是生活的白页。

当你偶然读一个长篇小说,为紧张的情节所激动而疲倦了,但你不能不读下去,那时你会渴望逢到一张白页、一个章回,借以休息你的眼睛,松弛你的注意力,以待精神恢复;当你在人生的书本上翻了一页又一页,你逢到许多悲、欢、离、合,你有时为感情压倒了,你无法解开人生之结,你不宁愿有一场疾病么?病使苦痛遗忘,病使生机恢复。病是人生的书本的章回,它是前一章的结束、下一章的开始。

我期待着有一回病的,我需要它。病是生活的乐曲的休止节。当一个旋律进行着,一会儿是Andante(行板),一会儿是Allegro(快板),一会儿是Crescendo(渐强音),一会儿是Decrescendo(渐弱音),你的心弦为之震荡,为之共鸣,为之颤动,为之兴感,你有时觉得有点疲累,你愿意有一个休止节——这无音的音符。病是人生的乐曲的休止节。它从前一节转到下一节,从Fine(结束)回到Dacapo(从头反复)。

然而,正如老是生的暮年,病是死的幼年。生的长成,趋于衰老,病的长成,渐于死亡,噫!

第三章
趁我还鲜活,不许任何人熄灭我

女子问题 / 胡适

我本没有预备讲这个题目,到安庆后,有一部分人要求讲这个,这问题也是很重要的,所以就临时加入了。

人类有一种"半身不遂"的病,在中风之后,有一部分麻木不仁;这种人一半失了作用,是很可怜的。诸位!我们社会上也害了这"半身不遂"的病几千年了,我们是否应当加以研究?

世界人类分男女两部,习惯上对于男子很发展,对于女子却剥夺她的自由,不准她发展,这就是社会的"半身不遂"的病。社会有了"半身不遂"的病,当然不是健全的社会了。

女子问题发生,给我们一种觉悟,不再牺牲一半人生的天才自由,让女子本来有的天才,享受应有的权利,和男子共同担任社会的担子,使男子成一个健全的人,女子也成一个健全的人!于是社会便成了一个健全的社会!

我们以前从不将女子当作人:我们都以为她是父亲的女儿,以为她是丈夫的老婆,以为她是儿子的母亲,所以有"在家从父,出嫁从夫,夫死从子"的话,从来总不认她是一个人!在历史上,只有孝女、贤女、烈女、贞女、节妇、慈母,却没有一个"女人"!诸位!在历史上也曾见过传记称女子是人的么?

研究女子教育是研究什么?——昔日提倡女子教育的,是提倡良妻贤母;须知道良妻贤母是"人",无所谓"女子"的。女子愿做良妻贤母,便去做她的良妻贤母;假使女子不愿意做良妻贤母,依旧可以做她的人的。先定了这个目标,然后再说旁的。

女子问题可以分两部分讲:

(一)女子解放。

(二)女子改造。

解放一部分是消极的:解放中包含有与束缚对待的意思,所以是消极的。改造却是积极的:改造是研究如何使女子成为人,用何种方法使女子自由发展。

(一)女子解放。解放必定先有束缚。这有两种讲法:一是形体的,一是精神的。

先讲形体的解放。在从前男子拿玩物看待女子,女子便也以玩

第三章
趁我还鲜活，不许任何人熄灭我

物自居，许多不自由的刑具，女子都取而加在自己身上。现在算是比较的少了，如缠足、穿耳朵、束胸等等都是，可以算得形体上已解放了。这种不过谈女子解放中的初级。试问除了少数受过教育的女子而外，中国有多少女子不缠足？如果我们不能实行天足运动，我们就不配谈女子解放！我来安庆的时候，所见的女子，大半是缠足；这可以用干涉、讲演种种方法禁止她们，我希望下次再来安庆的时候，见不着一个缠足女子！再谈束胸，起初因为美观起见，并不问合卫生与否。我的一个朋友曾经对我说，假使个个女子都束胸，以后都不可以做人的母亲了！

次讲精神的解放。在解放上面，以精神解放最为重要。精神解放怎样讲？就是几千年来，社会上男子用了许多方法压制女子，引诱女子，便是女子精神上的手铐脚镣。择几桩大的说：

第一，未讲之先，提出一个标准来——标准就是"为什么？"——"女子不为后嗣"。中国古时候最重的是"有后"——女子不算——家中有财产，女儿不能承受；没有儿子的，一定去在弟兄的儿子中间找一个来承继受领。女子的不能为后嗣，大半为着经济缘故，所以应当从经济方面提倡独立。有一个人临死，分财产做三股，两个女儿得两股，一个侄子得一股，但是他的本家，还要打官司。这个观念如若不打破，对于经济，对于道德，都有极大的关系。还有"娶妾"。一个人年长了，没有儿子，大家便劝他娶妾——就是他的夫人，也要劝他，不如此，人家便要说她不贤慧。请问这一种恶劣的行为，是从什么地方产生的？再进一步说，既然同认女子是个人，又何以不能承受财产，不能为后？这是应当打破的邪说之一！

第二，"女子贞操问题"。何谓贞操？贞操是因男女间感情浓厚，不愿意再及于第三者身上。依新道德讲，男女都应当守贞操；历史上沿习却不然，男子可以嫖，可以纳妾，女子既不可以和人家通奸，反要受种种的限制，大概拿牌坊引诱，使女子守一个无爱情没有见过面的人，一部分女子，因而被他们引诱了。如此的社会，实在是杀人不抵命的东西！贞操实是双方男女共有的。我从前说："男子嫖婊子，与女子和人通奸，是有同等的罪！"所以，"男子叫女子守节，女子也可以叫男子守节！男子如果可以讨姨太太，女子也就可以娶姨老爷！"谢太傅——谢安——晚年想纳妾，但他却怕老婆。他的朋友劝他，说公例可以纳妾；他的夫人在里面应道："婆例不可！"——历来都用惯了"公例"，未常实行"婆例"。

这种虚伪的贞操，委实可以打破。再简单说："贞操是根据爱情的，是双方的！男子可以不守节，女子也可以不守节！"

第三章
趁我还鲜活，不许任何人熄灭我

第三，"女子责在阃内①说"。女子的职务，在家庭以内，这种学说也是捆女子的一根铁索，如果不打断，就难说到解放。有许多女子，足能够做学问，可以学美术、文学……可以当教员……；有许多男子，只配抱孩子、煮饭的。有许多事，男子不能做而女子能做。如果不打破这种学说，只是养成良妻贤母，实在不行。我们要使女子发展天才，绝不能叫她永远须在家里头。女子会抱孩子、煮饭，也只是女子中的一部分，女子决不全是会抱孩子、煮饭的；有天才的女子，却往往因为这个缘故，不得尽量的发展。就说女子不能做他种事业，但她们做教师便比男子好得多了。总结一句：我们不应当拿家里洗衣、煮饭、抱孩子许多事体来难为女子。我们吃饭，可以吃一品香、海洞春厨子做的，衣服可以拿到洗衣厂里去洗！

第四，"防闲的道德论"。由古代相传，男子对女子总有怀疑的态度，总有防闲的道德。现在人对女子，依旧有这一种态度。我所说安庆讲演会里职员，有许多女子加入，便引起了社会上的非难。我将告诉他们："防闲决不是道德！"如把鸟雀关在笼中，一放它便飞了；不然，一年两年的工夫，也就闷死了。当我在西洋

---

① 阃内，读kǔn nèi，旧指家庭、内室。——编者注

的时候，见中国许多留学生，常常闹笑话，在交际场中，遇了女子和他接洽，他便以为有意。由此，我连带想起一件故事。某人的笔记上说："有一个老和尚，养了一个小孩子，作为小和尚；老和尚对他防闲得利害，使他不知世故。某年，老和尚带这小和尚下山，小和尚一件东西也不认识，逢到东西，老和尚不等他问，便一一地告诉他。恰巧有个女子经过，老和尚恐怕他沾染红尘，便不和他说。小和尚就问，老和尚便扯道：'这是吃人的老鬼。'等到回山的时候，老和尚便问他下山一日，有所爱否。小和尚说，所爱的只是吃人的老鬼！"防闲的道德，就是最不道德！我国学生，何以多说是不道德？实是因为防闲太利害了，一遇到恶人，便要堕落！我希望以后要打破防闲的道德论！平心而论，完全自由也有流弊，不过总不可因噎废食的，不要以一二人的堕落而及于全部。而且自由的流弊决不是防闲所可免，若求自由无流弊，必定要再加些自由于上面，自由又自由，丝毫流弊都没有了！因为怕流弊而禁止自由，流弊必定更多，且更不自由了！社会上应存"容人的态度"，须知社会上决没有无流弊的。张小姐闹事，只是张小姐；李小姐闹事，只是李小姐；决不能因为一两人而及于全体的！愿再加解放许多自由，叫他们晓得所以，自然没有流弊了！

（二）女子改造。改造方面，比较简单些。解放是对外的要

第三章
趁我还鲜活，不许任何人熄灭我

求；改造却是对内的要求，但也不完全靠自己的！

先说内部。女子本身的改造，无论女子本身或提倡女子问题的，都要认明白目标：第一，"自立的能力"。女子问题第一个要点，就在这问题。女子嫁人，总要攀高些，却不问自立。我觉女子要做人，须注意"自立"，假如女子不能自立，决不能够解放去奋斗的。第二，"独立的精神"。这个名词，是老生常谈，不过我说的是精神上，不怕社会压制，社会反对，也是要干的！像现在这种时代，是很不容易谈解放的。不顾社会非难，可以独行其是。

第三，"先驱者的责任"。做先锋的责任，在谈女子问题中是很重要的。我们一举一动，在社会上极受影响。先驱者的责任，只要知道公德，不要过问私德；一人如此，可以波及全体的。不要使我个人行为，在女子运动上加了一个污点！我最不相信道德，但为了这个起见，也不得不相信了！我常常说："当学生的，如其提倡废考，不如提倡严格考试；社交解放的先驱者，如提倡自由恋爱，不如提倡独身主义！"这是诸位要注意的！

生活给了我一拳，
但我出的是布

拜访 / 杨振声

拜访变为虚文时，人生又加上了一种无聊！

它也如许多礼节一样，时代的沉渣给近代洋装革履的人戴上一顶红缨帽。

在"民至老死不相往来"之后，当是舟车的方便增进了人世的往来，然"适百里者宿舂粮，适千里者三月聚粮"，到底远道相访，不是一件容易事情，唯其不容易，非是人情之所不能已或事实之所不得已，总不会老远跑到朋友家里，专只为说一句"今天天气好"。

事实之所不得已，无话可讲；若夫人情之所不能已者，或友好久别，思如饥渴，月白风清，扁舟相访，相悲问年，欢若平生，如是杀鸡为黍，作一日饮可也。"乘兴而来，兴尽而返"亦可也。或

第三章
趁我还鲜活，不许任何人熄灭我

彼此闻名，神交已久，一旦心动，欲见其人，如是绿树村边，叩门相访，一见如故，莫逆于心可也。语不投机，拂袖而去可也。总之这种访问是有些意思的。

到了近代，工商业把城市变成了生活的中心，交通的方便又把人流交汇于几个大城市里，于是一个城居而交游不必甚广的人，亲戚故旧，萍水相逢，总有上百个。即便你每天拜访一个，风雨无阻，一年之中，平均每人你访不过四次，人家已经说你疏阔了。何况拜访不已，加以送往迎来；送迎之不足，加以饯别洗尘。其他吊死问疾、贺婚祝寿，一年也要有不少次。你看人，人要回拜；你请人，人要还席。请问一生有多少精力、多少时间，消耗在这些无聊的虚文上！

本有一些无聊的人，既已无聊矣，不妨专讲究这些，因为除了这些，他们会更无聊。他并不在乎老远跑到你家里，问你"今天没有出门罢"。他也并不在乎请一桌各不相识的客人，让你们乌眼相对，反正他认为他很有礼貌地来拜访过你，又很有礼貌地请过你吃饭，就坐在家里静候你去回拜，心里盘算着你几时可以还席。

对于这般人，我无话可讲，不过不懂的是：为什么我们把拜访人看成了礼节？不等人家请，不问人家方便不方便，也不管有事没事，随便闯到人家里搅扰一阵，耽误人家的正事不算，还要人家应

生活给了我一拳，
但我出的是布

酬上一堆无聊的话，这便是礼节！

我想认此为礼节的只有几种人：一种是贤人，人家去看他，他认为是访贤；一种是阔人，他要一大群无聊的人替他去摆阔；还有一种是闲人，要人替他去消闲；再有，就是一种莫名其妙的无聊之人，一生专以无聊事为聊。

我恳切地希望请那般无聊的人都到贤人阔人闲人家里去，让真能享受朋友的人，在读书做事之暇，一壶清茶，三五知己，相约于小院瓜棚之下，或并不考究而舒服的小客厅里，随便谈天。说随便一字不虚：先是你身体的随便放，任何姿态都可以。这里没有礼节，你想站着，绝没有人强迫你坐。再是你说话的随便，没有人强迫你说，也没有人阻止你说，你可以把心放在唇边上，让它自由宣泄其悲哀、愤懑与快乐。它是被禁锢得太闷了，这里是它唯一可以露面的地方，它最痛快的是用不着再说假话，而且它好久没说真话了！还有听话的随便，你不必听你不愿听的话，尤其用不到假装在听，因为这里都是孩子气的天真，你用不着装假，就是装也立刻被发觉。最后是来去的随便，来时没人招待你，去时也没人挽留你。反正你来不是为拜访谁，所以谁也不必对你讲客气。

让我们尊重旁人的家，尊重旁人的时间。我们没有权利随便闯进朋友的家里去拜访，自己且以为有礼！再让我们尊重别人的自

第三章
趁我还鲜活,不许任何人熄灭我

由,尊重旁人的情感,我们没有权利希望朋友来看我,或是希望朋友来回拜。真正朋友的话,聚散自有友谊上的天然节奏。你想加上一点人工也未尝不可,打扫干净你瓜棚下的那一方土地,预备好你能够供献给你的朋友的一点乐趣,哪怕渺小到一句知心话,发几张小柬邀他们来,至于来不来是每一个人的兴趣与自由。如此还不失其为自然。凡不自然的皆是无聊。

生活给了我一拳,
    但我出的是布

救火夫(节选)/梁遇春

三年前一个夏天的晚上,我正坐在院子里乘凉,忽然听到接连不断的警钟声音,跟着响三下警炮,我们都知道城里什么地方的屋子又着火了。我的父亲跑到街上去打听,我也奔出去瞧热闹。远远来了一阵嘈杂的呼喊,不久就有四五个赤膊工人个个手里提一只灯笼,拼命喊道:"救!""救!"……从我们面前飞也似的过去。后面有六七个工人拖一辆很大的铁水龙同样快地跑着,当然也是赤膊的。他们只在腰间系一条短裤,此外棕黑色的皮肤下面处处有蓝色的浮筋跳动着,他们小腿的肉的颤动和灯笼里闪烁欲灭的烛光有一种极相协的和谐,他们的足掌打起无数的尘土,可是他们越跑越带劲,好像他们每回举步时,从脚下的"地"都得到一些新力量。水龙隆隆的声音杂着他们尽情的呐喊,他们在满面汗珠之下现

第三章
趁我还鲜活,不许任何人熄灭我

出同情和快乐的脸色。那一架庞大的铁水龙我从前在救火会曾经看见过,总以为最少也要十七八个人用两根杠子才抬得走,万想不到六七个人居然能够牵着它飞奔。他们只顾到口里喊"救",那么不在乎地拖着这笨重的家伙往前直奔,他们的脚步和水龙的轮子那么一致飞动,真好像铁面无情的水龙也被他们的狂热所传染,自己用力跟着跑了。一霎眼他们都过去了,一会儿只剩些隐约的喊声,我的心却充满了惊异,愁闷的心境顿然化为晴朗,真可说拨云雾而见天日了。那时的情景就不灭地印在我的心中。

从那时起,我这三年来老抱一种自己知道绝不会实现的宏愿:我想当一个救火夫。他们真是世上最快乐的人们,当他们心中只惦着赶快去救人这个念头,其他万虑皆空,一面善用他们活泼泼的躯干,跑过十里长街,像救自己的妻子一样去救素来不识面的人们,他们的生命是多么有目的,多么矫健生姿。我相信生命是一块顽铁,除非在同情的熔炉里烧得通红的,用人世间的灾难做锤子来使它迸出火花来,它总是那么冷冰冰、死沉沉的。怅惘地徘徊于人生路上的我们天天都是在极剧烈的麻木里过去——一种甚至于不能得自己同情的苦痛。可是我们的迟疑不前成了天性,几乎将我们活动的能力一笔勾销,我们的理智把我们弄成残废的人们了。不敢上人生的舞场和同伴们狂欢地跳舞,却躲在帘子后面呜咽,这正是我们这班弱者的态度。在席卷一切的大火中奔走,在快陷下的屋梁上攀缘,不顾死生,争为先登的救火夫们安得不打动我们的心弦?他们具有坚定不拔的目的,他们一心一意想营救难中的人们,凡是难中人们的命运他们都视如自己的亲切地感到,他们尝到无数人心中的哀乐,那班人们的生命同他们的生命息息相关,他们忘记了自己,将一切火热里的人们都算作他们自己,凡是带有人的脸孔全可以算作他们自己,这样子他们生活的内容丰富到极点,又非常澄净清明,他们才是真真活着的人们。

他们无条件地同一切人们联合起来,为着人类,向残酷的自然反抗。这虽然是个个人应当做的事,并没有什么了不得,然而一看到普通人们那样子任自然力蹂躏同类,甚至于认贼作父,利用自然力来残杀人类,我们就不能不觉得那是一种义举了。他们以微小之躯,为着爱的力量的缘故,胆敢和自然中最可畏的东西肉搏,站在最前面的战线,这时候我们看见宇宙里最悲壮雄伟的戏剧在我们面前开演了:人和自然的斗争,也就是希腊史诗所歌咏的人神之争(因为在希腊神话里,神都是自然的化身)。我每次走过上海静安寺路救火会门口,看见门上刻有"We Fight Fire"三字,我总觉得凛然起敬。我爱狂风暴浪中把着舵神色不变的舟子,我对于始终住在霍乱流行极盛的城里,履行他的职务的约翰·勃朗医生

第三章
趁我还鲜活，不许任何人熄灭我

（Dr. John Brown）怀一种虔敬的心情（虽然他那和蔼可亲的散文使我觉得他是个脾气最好的人），然而专以杀微弱的人类为务的英雄却勾不起我丝毫的欣羡，有时简直还有些鄙视。发现细菌的巴斯德（Pasteur）、发明矿中安全灯的某一位科学家（他的名字我不幸忘记了），以及许多为人类服务的人们，像林肯、威尔逊之流，他们现在天天受我们的讴歌，实际上他们和救火夫具有同样的精神，也可说救火夫和他们是同样地伟大，最少在动机方面是一样的，然而我却很少听到人们赞美救火夫。可见救火夫并不是一眼瞧着受难的人类，一眼顾到自己身前身后的那班伟人，所以他们虽然没有人们献上甜蜜蜜的媚辞，却很泰然地干他们冒火打救的伟业，这也正是他们的胜过大人物们的地方。

有一位愤世的朋友每次听到我赞美救火夫时，总是怒气汹汹地说道："这个糊涂的世界早就该烧个干干净净，山穷水尽，现在偶然天公作美，放下一些火来，再用些风来助火势，想在这片龌龊的地上锄出一小块洁白的土来，偏有那不知趣的、好事的救火夫焦头烂额地来浇下冷水，这真未免于太煞风景了！而且人们的悲哀已经是达到饱和度了，烧了屋子和救了屋子对于人们实在并没有多大关系，这是指那班有知觉的人而说。至于那班天赋与铜心铁肝、毫不知苦痛是何滋味的人们，他们既然麻木了，多烧几间房子又何妨呢！总之，天下本无事，庸人自扰之，足下的歌功颂德更是庸人之扰所干的事情了。"这真是"人生一世浪自苦，盛衰桃杏开落间"。我这位朋友是最富于同情心的人，但是顶喜欢说冷酷的话，这里面恐怕要用些心理分析的功夫罢！然而，不管我们对于个个的人有多少的厌恶，人类全体合起来总是我们爱恋的对象。这是当代一位没有忘却现实的哲学家George Santayana（乔治·桑塔亚纳）讲的话。这话是极有道理的，人们受了遗传和环境的影响，染上了许多坏习气，所以个个人都具些讨厌的性质，但是当我们抽象地想到人类的，我们忘记了各人特有的弱点，只注目在人们可以为美善的地方，想用最完美的法子使人性向着健全壮丽的方面发展，于是彩虹般的好梦现在当前，我们怎能不爱人类哩！英国十九世纪末叶诗人Frederick Locekr-Lampson（兰普逊）在他的自传*My Confidences*（《我的信心》）中说道："一个思想灵活的人最善于发现他身边的人们的潜伏的良好气质，他是更容易感到满足的；想象力不发达的人们是最快就觉得旁人可厌的，的确是最喜欢埋怨他们朋友的知识上同别方面的短处。"（不知道我那位嫉俗的朋友听了这段话作何感想，但是我绝不是因为他发现了我哪一方面的短处，特地引这一段来酬他的好意。恐怕他误会了更加愤世，所以郑重地声明一下。）总之，当救火夫在烟雾里冲锋同突

第三章
趁我还鲜活,不许任何人熄灭我

围的时候,他们只晓得天下有应当受他们的援救的人类,绝没有想到着火的屋里住有个杀千刀、杀万刀的该死狗才。天下最大的快乐无过于无顾忌地尽量使用己身隐藏的力量,这个意思亚里士多德在二千年前已经娓娓长谈过了。救火夫一时激于舍身救人的意气,举重若轻地拖着水龙疾驰,履险若夷地攀登危楼,他们忘记了困难和危险,因此危险和困难就失丢了它们一大半的力量,也不能同他们捣乱了。他们慈爱的精神同活泼的肉体真得到尽量的发展,他们奔走于惨淡的大街时,他们脚下踏的是天堂的乐土,难怪他们能够越跑越有力,能够使旁观的我得到一副清心剂。就说他们所救的人们是不值得救的,他们这派的气概总是可敬佩的。天下有无数女人捧着极纯净的爱情,送给极卑鄙的男子,可是那雪白的热情不会沾了尘污,永远是我们所欣羡不置的。

　　救火夫不单是从他们这神圣的工作得到无限的快乐,他们从同拖水龙、同提灯笼的伴侣又获到强度的喜悦。他们那时把肯牺牲自己,去营救别人的人们都认为比兄弟还要亲密的同志。不管村俏老少,无论贤愚智不肖,凡是努力于扑灭烈火的人们,他们都看作生平的知己,因为是他们最得意事的伙计们。他们有时在火场上初次相见,就可以相视而笑,莫逆于心,"乐莫乐兮新相知",他们的生活是多有趣呀!个个人雪亮的心儿在这一场野火里互相认识,这是多么值得干的事情。怯懦无能的我在高楼上玩物丧志地读着无谓的书的时候，偶然听到警钟，望见远处一片漫天的火光，我是多么神往于随着火舌狂跳的壮士，回看自己枯瘦的影子，我是多么心痛，痛惜我虚度了青春同壮年。

我们都是上帝所派定的救火夫，因为凡是生到人世来都具有救人的责任，我们现在时时刻刻听着不断的警钟，有时还看见人们呐喊着往前奔，然而我们有的正忙于挣钱积钱，想做面团团、心硬硬、人蠢蠢的富家翁，有的正阴谋权位，有的正搂着女人欢娱，有的正缘着河岸，自命清高地在那儿伤春悲秋，都是失职的救火夫。有些神经灵敏的人听到警钟，也都还觉得难过，可是又顾惜着自己的皮肤，只好拿些棉花塞在耳里，闭起门来，过象牙塔里的生活。若使我们城里的救火夫这样懒惰，拿公事来做儿戏，那么我们会多么愤激地辱骂他们，可是我们这个大规模的失职却几乎变成当然的事情了，天下事总是如是莫测其高深的，宇宙总是这么颠倒地安排着，难怪有人喊起"打倒这糊涂世界"的口号。

第三章
趁我还鲜活,不许任何人熄灭我

骂人的艺术 / 梁实秋

古今中外没有一个不骂人的人。骂人就是有道德观念的意思,因为在骂人的时候,至少在骂人者自己总觉得那人有该骂的地方。何者该骂,何者不该骂,这个抉择的标准,是极道德的。所以根本不骂人,大可不必。骂人是一种发泄感情的方法,尤其是那一种怨怒的感情。想骂人的时候而不骂,时常在身体上弄出毛病,所以想骂人时,骂骂何妨。

但是,骂人是一种高深的学问,不是人人都可以随便试的。有因为骂人挨嘴巴的,有因为骂人吃官司的,有因为骂人反被人骂的,这都是不会骂人的缘故。今以研究所得,公诸同好,或可为骂人时之一助乎?

一、知己知彼

骂人是和动手打架一样的,你如其敢打人一拳,你先要自己忖度下,你吃得起别人的一拳否。这叫作知己知彼。骂人也是一样。譬如你骂他是"屈死",你先要反省,自己和"屈死"有无分别。你骂别人荒唐,你自己想想曾否吃喝嫖赌。否则别人回敬你一二句,你就受不了。所以别人有着某种短处,而足下也正有同病,那么你在骂他的时候只得割爱。

二、无骂不如己者

要骂人须要挑比你大一点的人物、比你漂亮一点的或者比你坏得万倍而比你得势的人物,总之,你要骂人,那人无论在好的一方面或坏的一方面都要能胜过你,你才不吃亏的。你骂大人物,就怕他不理你,他一回骂,你就算骂着了。在坏的一方面胜过你的,你骂他就如教训一般,他即便回骂,一般人仍不会理会他的。假如你骂一个无关痛痒的人,你越骂他他越得意,时常可以把一个无名小卒骂出名了,你看冤与不冤?

三、适可而止

骂大人物骂到他回骂的时候,便不可再骂;再骂则一般人对你必无同情,以为你是无理取闹。骂小人物骂到他不能回骂的时候,便不可再骂;再骂下去则一般人对你也必无同情,以为你是欺负弱者。

四、旁敲侧击

他偷东西,你骂他是贼,他抢东西,你骂他是盗,这是笨伯。骂人必须先明虚实掩映之法,须要烘托旁衬,旁敲侧击,于要紧处只一语便得,所谓杀人于咽喉处着刀。越要骂他你越要原谅他,即便说些恭维话亦不为过,这样的骂法才能显得你所骂的句句是真实确凿,让旁人看起来也可见得你的度量。

五、态度镇定

骂人最忌浮躁。一语不合,面红筋跳,暴躁如雷,此灌夫骂座、泼妇骂街之术,不足以骂人。善骂者必须态度镇静,行若无事。普通一般骂人，谁的声音高便算谁占理，谁来得势猛，便算谁骂赢，唯真善骂人者，乃能避其锋而击其懈。你等他骂得疲倦的时候，你只消轻轻地回敬他一句，让他再狂吼一阵。在他暴躁不堪的时候，你不妨对他冷笑几声，包管你不费力气，把他气得死去活来，骂得他针针见血。

六、出言典雅

骂人要骂得微妙含蓄，你骂他一句要使他不甚觉得是骂，等到想过一遍才慢慢觉悟这句话不是好话，让他笑着的面孔由白而红，由红而紫，由紫而灰，这才是骂人的上乘。欲达到此种目的，深刻之用词故不可少，而典雅之言词尤为重要。言词典雅则可使听者不致刺耳。如要骂人骂得典雅，则首先要在骂时万万别提起女人身上的某一部分，万万不要涉及生理学范围。骂人一骂到生理学范围以内，底下再有什么话都不好说了。譬如你骂某甲，千万别提起他的令堂令妹。因为那样一来，便无是非可言，并且你自己也不免有令堂令妹，他若回敬起来，岂非势均力敌、半斤八两？再者骂人的时候，最好不要加人以种种难堪的名词，称呼起来总要客气，即使他是极卑鄙的小人，你也不妨称他先生，越客气，越骂得有力量。骂的时节最好引用他自己的词句，这不但可以使他难堪，还可以减轻他对你骂的力量。俗话少用，因为俗话一览无遗，不若典雅古文曲折含蓄。

七、以退为进

两人对骂，而自己亦有理屈之处，则处于开骂伊始，特宜注意，最好是毅然将自己理屈之处完全承认下来，即使道歉认错均不妨事。先把自己理屈之处轻轻遮掩过去，然后你再重整旗鼓，着着逼人，方可无后顾之忧。即使自己没有理屈的地方，也绝不可自行夸张，务必要谦逊不遑，把自己的位置降到一个不可再降的位置，然后骂起人来，自有一种公正光明的态度。否则你骂他一两句，他便以你个人的事反唇相讥，一场对骂，会变成两人私下口角，是非曲直，无从判断。所以骂人者自己要低声下气，此所谓以退为进。

八、预设埋伏

你把这句话骂过去，你便要想想看，他将用什么话骂回来。

有眼光的骂人者，便处处留神，或是先将他要骂你的话替他说出来，或是预先安设埋伏，令他骂回来的话失去效力。他骂你的话，你替他说出来，这便等于缴了他的械一般。预设埋伏，便是在要攻击你的地方，你先轻轻地安下话根，然后他骂过来就等于枪弹打在沙包上，不能中伤。

九、小题大做

如对方有该骂之处，而题目身小，不值一骂，或你所知不多，不足一骂，那时节你便可用小题大做的方法，来扩大题目。先用诚恳而怀疑的态度引申对方的意思，由不紧要之点引到大题目上去，处处用严谨的逻辑逼他说出不逻辑的话来，或是逼他说出合于逻辑但不合乎理的话来，然后你再大举骂他，骂到体无完肤为止，而原来惹动你的小题目，轻轻一提便了。

十、远交近攻

一个时候，只能骂一个人，或一种人，或一派人，决不宜多树敌。所以骂人的时候，万勿连累旁人，即使必须牵涉多人，你也要

第三章
趁我还鲜活,不许任何人熄灭我

表示好意,否则回骂之声纷至沓来,使你无从应付。

　　骂人的艺术,一时所能想起来的有上面十条,信手拈来,并无条理。我做此文的用意,是助人骂人。同时也是想把骂人的技术揭破一点,供挨骂者参考。挨骂的人看看,骂人的心理原来是这样的,也算是揭破一张黑幕给你瞧瞧!

生活给了我一拳，
但我出的是布

梦想之一 / 周作人

　　鄙人平常写些小文章，有朋友办刊物的时候也就常被叫去帮忙，这本来是应该出力的。可是写文章这件事正如俗语所说是难似易的，写得出来固然是容容易易，写不出时却实在也是烦烦难难。《笑倒》中有一篇笑话云：

　　一士子赴试作文，艰于构思。其仆往候于试门，见纳卷而出者纷纷矣。日且暮，甲仆问乙仆曰："不知做文章一篇约有多少字？"乙仆曰："想来不过五六百字。"甲仆曰："五六百字难道胸中没有？到此时尚未出来。"乙仆慰之曰："你勿心焦，五六百字虽在肚里，只是一时凑不起耳。"

第三章
趁我还鲜活,不许任何人熄灭我

这里所说的凑不起实在也不一定是笑话,文字凑不起是其一,意思凑不起是其二。其一对于士人很是一种挖苦,若是其二则普通常常有之,我自己也屡次感到有交不出卷子之苦。这里又可以分作两种情形:甲是所写的文章里的意思本身安排不好,乙是有着种种的意思,而所写的文章有一种对象或性质上的限制,不能安排得恰好。有如我平时随意写作,并无一定的对象,只是用心把我想说的意思写成文字,意思是诚实的,文字也还通达,在我这边的事就算完了,看的是些男女老幼,或是看了喜欢不喜欢,我都可以不管。若是预定要给老年或是女人看的,那么这就没有这样简单,至少是有了对象的限制,我们总不能说得太是文不对题,虽然也不必揣摩讨好,却是不能没有什么顾忌。我常想要修小乘的阿罗汉果并不大难,难的是学大乘菩萨,不但是誓愿众生无边度,便是应以长者居士长官婆罗门妇女身得度者即现妇女身而为说法这一节,也就迥不能及,只好心向往之而已。这回写文章便深感到这种困难,踌躇好久,觉得不能再拖延了,才勉强凑合从平时想过的意思中间挑了一个,略为敷陈,聊以塞责,其不会写得好那是当然的了。

在不久以前曾写小文,说起现代中国心理建设很是切要,这有两个要点,一是伦理之自然化,一是道义之事功化。现在这里所想说明几句的就是这第一点。我在《螟蛉与萤火》一文中说过:

生活给了我一拳，
　但我出的是布

中国人拙于观察自然，往往喜欢去把它和人事连接在一起。最显著的例，第一是儒教化，如乌反哺、羔羊跪乳，或枭食母，都一一加以伦理的附会。第二是道教化，如桑虫化为果蠃，腐草化为萤，这恰似仙人变形，与六道轮回又自不同。

说起来真是奇怪，中国人似乎对于自然没有什么兴趣。近日听几位有经验的中学国文教员说，青年学生对于这类教材不感趣味，这无疑地是的确的事实，虽然不能明白其原因何在。我个人却很看重所谓自然研究，觉得不但这本身的事情很有意思，而且动植物的生活状态也就是人生的基本，关于这方面有了充分的常识，则对于人生的意义与其途径自能更明确地了解认识。平常我很不满意于从来的学者与思想家，因为他们于此太是怠惰了，若是现代人尤其是青年，当然责望要更为深切一点。我只看见孙仲容先生在《籀庼述林》的一篇《与友人论动物学书》中，有好些很是明达的话，如云：

动物之学为博物之一科，中国古无传书。《尔雅》虫鱼鸟兽畜五篇惟释名物，罕详体性。《毛诗》《陆疏》旨在诂经，遗略实众。陆佃郑樵之论，摭拾浮浅，同诸自郐。……至古鸟兽虫鱼种类

第三章
趁我还鲜活，不许任何人熄灭我

今既多绝灭，古籍所纪尤疏略，非徒《山海经》《周书·王会》所说珍禽异兽荒远难信，即《尔雅》所云比肩民比翼鸟之等咸不为典要，而《诗》《礼》所云螟蛉果蠃、腐草为萤，以逮鹰鸠爵蛤之变化，稽核物性亦殊为疏阔。……今动物学书说诸虫兽，有足者无多少皆以偶数，绝无三足者，《尔雅》有鳖三足能，龟三足贲，殆皆传之失实矣。……中土所传云龙凤虎休征瑞应，则揆之科学万不能通，今日物理既大明，固不必曲徇古人耳。

这里假如当作现代的常识看去，那原是极普通的当然的话，但孙先生如健在该是九十六岁①了，却能如此说，正是极可佩服的事。现今已是民国甲申，民国的青年比孙先生至少要年轻六十岁以上，大部分也都经过高小初中出来，希望关于博物或生物也有他那样的知识，完全理解上边所引的话，那么这便已有了五分光，因为既不相信腐草为萤那一类疏阔的传说，也就同样地可以明了，羔羊非跪下不能饮乳（羊是否以跪为敬，自是别一问题），乌鸦无家庭，无从反哺，凡自然界之教训化的故事，其原意虽亦可体谅，但其并非事实也明白地可以知道了。我说五分光，因为还有五分

---

① 该文作于公元1944年，即民国三十三年（甲申年）。孙仲容（1848—1908）。

光,这便是反面的一节,即是上文所提的伦理之自然化也。

我很喜欢《孟子》里的一句话,即是"人之所以异于禽兽者几希"。这一句话向来也为道学家们所传道,可是解说截不相同。他们以为人禽之辨只在一点儿上,但是二者之间距离极远,人若逾此一线堕入禽界,有如从三十三天落到十八层地狱,这远才真叫得是远。

我也承认人禽之辨只在一点儿上,不过二者之间距离却很近,仿佛是窗户里外只隔着一张纸,实在乃是近似远也。我最喜欢焦理堂先生的一节,屡经引用,其文云:

先君子尝曰,人生不过饮食男女,非饮食无以生,非男女无以生生。唯我欲生,人亦欲生,我欲生生,人亦欲生生,孟子好货好色之说尽之矣。不必屏去我之所生,我之所生生,但不可忘人之所生,人之所生生。循学《易》三十年,乃知先人此言圣人不易。

我曾加以说明云:

饮食以求个体之生存,男女以求种族之生存,这本是一切生物的本能,进化论者所谓求生意志,人也是生物,所以这本能自然

第三章
趁我还鲜活,不许任何人熄灭我

也是有的。不过一般生物的求生是单纯的,只要能生存便不顾手段,只要自己能生存,便不惜危害别个的生存,人则不然,他与生物同样地要求生存,但最初觉得单独不能达到目的,须与别个联络,互相扶助,才能好好地生存,随后又感到别人也与自己同样地有好恶,设法圆满地相处。前者是生存的方法,动物中也有能够做到的;后者乃是人所独有的生存的道德,古人云"人之所以异于禽兽者几希",盖即此也。

这人类的生存的道德之基本在中国即谓之仁,己之外有人,己亦在人中,儒与墨的思想差不多就包含在这里,平易健全,为其最大特色。虽云人类所独有,而实未尝与生物的意志断离,却正是其崇高的生长,有如荷花从莲根出,透出水面的一线,开出美丽的花,古人称其出淤泥而不染,殆是最好的赞语也。

人类的生存的道德既然本是生物本能的崇高化或美化,我们当然不能再退缩回去,复归于禽道,但是同样地我们也须留意,不可太爬高走远,以致与自然违反。古人虽然直觉地建立了这些健全的生存的道德,但因当时社会与时代的限制、后人的误解与利用种种原因,无意或有意地发生变化,与现代多有龃龉的地方,这样便会对于社会不但无益且将有害。比较笼统地说一句,大概其缘因出于与自然多有违反之故。人类摈绝强食弱肉、雌雄杂居之类的禽道，固是绝好的事，但以前凭了君父之名也做出好些坏事，如宗教战争、思想文字狱、人身卖买、宰白鸭与卖淫等，也都是生物界所未有的，可以说是落到禽道以下去了。我们没有力量来改正道德，可是不可没有正当的认识与判断，我们应当根据了生物学、人类学与文化史的知识，对于这类事情随时加以检讨，务要使得我们道德的理论与实际都保持水平线上的位置，既不可不及，也不可过而反于自然，以致再落到淤泥下去。这种运动不是短时期与少数人可以做得成的，何况现在又在乱世，但是俗语说得好——人落在水里的时候第一是救出自己要紧，现在的中国人特别是青年最要紧的也是第一救出自己来，得救的人多起来了，随后就有救别人的可能。这是我现今仅存的一点梦想，至今还乱写文章，也即是为此梦想所眩惑也。

第三章
趁我还鲜活，不许任何人熄灭我

略论中国人的脸 / 鲁迅

大约人们一遇到不大看惯的东西，总不免以为他古怪。我还记得初看见西洋人的时候，就觉得他脸太白，头发太黄，眼珠太淡，鼻梁太高。虽然不能明明白白地说出理由来，但总而言之：相貌不应该如此。至于对于中国人的脸，是毫无异议；即使有好丑之别，然而都不错的。

我们的古人，倒似乎并不放松自己中国人的相貌。周的孟轲就用眸子来判胸中的正不正，汉朝还有《相人》二十四卷。后来闹这玩艺儿的尤其多，分起来，可以说有两派罢：一是从脸上看出他的智愚贤不肖，一是从脸上看出他过去、现在和将来的荣枯。于是天下纷纷，从此多事，许多人就都战战兢兢地研究自己的脸。我想，镜子的发明，恐怕这些人和小姐们是大有功劳的。不过近来前一派已经不大有人讲究，在北京上海这些地方捣鬼的都只是后一派了。

我一向只留心西洋人。留心的结果，又觉得他们的皮肤未免太粗；毫毛有白色的，也不好；皮上常有红点，即因为颜色太白之故，倒不如我们之黄；尤其不好的是红鼻子，有时简直像是将要熔化的蜡烛油，仿佛就要滴下来，使人看得栗栗危惧，也不及黄色人种的较为隐晦，也见得较为安全。总而言之：相貌还是不应该如此的。

后来，我看见西洋人所画的中国人，才知道他们对于我们的相貌也很不敬。那似乎是《天方夜谈》或者《安徒生童话》中的插画，现在不很记得清楚了。头上戴着拖花翎的红缨帽，一条辫子在空中飞扬，朝靴的粉底非常之厚。但这些都是满洲人连累我们的。独有两眼歪斜，张嘴露齿，却是我们自己本来的相貌。不过我那时想，其实并不尽然，外国人特地要奚落我们，所以格外形容得过度了。

但此后对于中国一部分人们的相貌，我也逐渐感到一种不满，就是他们每看见不常见的事件或华丽的女人，听到有些醉心的说话的时候，下巴总要慢慢挂下，将嘴张了开来。这实在不大雅观，仿佛精神上缺少着一样什么机件。据研究人体的学者们说，一头附着

第三章
趁我还鲜活，不许任何人熄灭我

在上颚骨上，那一头附着在下颚骨上的"咬筋"，力量是非常之大的。我们幼小时候想吃核桃，必须放在门缝里将它的壳夹碎。但在成人，只要牙齿好，那咬筋一收缩，便能咬碎一个核桃。有着这么大的力量的筋，有时竟不能收住一个并不沉重的自己的下巴，虽然正在看得出神的时候，倒也情有可原，但我总以为究竟不是十分体面的事。

　　日本的长谷川如是闲是善于做讽刺文字的。去年我见过他的一本随笔集，叫作《猫·狗·人》，其中有一篇就说到中国人的脸。大意是初见中国人，即令人感到较之日本人或西洋人，脸上总欠缺着一点什么。久而久之，看惯了，便觉得这样已经尽够，并不缺少东西；倒是看得西洋人之流的脸上，多余着一点什么。这多余着的东西，他就给它一个不大高妙的名目：兽性。中国人的脸上没有这个，是人，则加上多余的东西，即成了下列的算式：

　　人+兽性=西洋人

　　他借了称赞中国人、贬斥西洋人，来讥刺日本人的目的，这样就达到了，自然不必再说这兽性的不见于中国人的脸上，是本来没有的呢，还是现在已经消除。如果是后来消除的，那么，是渐渐净尽而只剩了人性的呢,还是不过渐渐成了驯顺?

野牛成为家牛,野猪成为猪,狼成为狗,野性是消失了,但只足使牧人喜欢,于本身并无好处。人不过是人,不再夹杂着别的东西,当然再好没有了。倘不得已,我以为还不如带些兽性,如果合于下列的算式倒是不很有趣的:

人+家畜性=某一种人

中国人的脸上真可有兽性的记号的疑案,暂且中止讨论罢。我只要说近来却在中国人所理想的古今人的脸上,看见了两种多余。一到广州,我觉得比我所从来的厦门丰富得多的,是电影,而且大半是"国产片",有古装的,有时装的。因为电影是"艺术",所以电影艺术家便将这两种多余加上去了。

古装的电影也可以说是好看,那好看不下于看戏;至少,决不至于有大锣大鼓将人的耳朵震聋。在"银幕"上,则有身穿不知何时何代的衣服的人物,缓慢地动作,脸正如古人一般死,因为要显得活,便只好加上些旧式戏子的昏庸。

时装人物的脸,只要见过清朝光绪年间上海的吴友如的《画报》的,便会觉得神态非常相像。《画报》所画的大抵不是流氓拆

第三章
趁我还鲜活，不许任何人熄灭我

梢，便是妓女吃醋，所以脸相都狡猾。这精神似乎至今不变，国产影片中的人物，虽是作者以为善人杰士者，眉宇间也总带些上海洋场式的狡猾。可见不如此，是连善人杰士也做不成的。

听说国产影片之所以多，是因为华侨欢迎，能够获利。每一新片到，老的便带了孩子去指点给他们看道："看哪，我们的祖国的人们是这样的。"在广州似乎也受欢迎，日夜四场，我常见看客坐得满满。

广州现在也如上海一样，正在这样地修养他们的趣味。可惜电影一开演，电灯一定熄灭，我不能看见人们的下巴。

生活给了我一拳，
但我出的是布

论无话可说 / 朱自清

十年前我写过诗；后来不写诗了，写散文；入中年以后，散文也不大写得出了——现在是，比散文还要"散"的无话可说！许多人苦于有话说不出，另有许多人苦于有话无处说。他们的苦还在话中，我这无话可说的苦却在话外。我觉得自己是一张枯叶、一张烂纸，在这个大时代里。

在别处说过，我的"忆的路"是"平如砥""直如矢"的。我永远不曾有过惊心动魄的生活，即使在别人想来最风华的少年时代。我的颜色永远是灰的。我的职业是三个教书，我的朋友永远是那么几个，我的女人永远是那么一个。有些人生活太丰富了，太复杂了，会忘记自己，看不清楚自己；我是什么时候都"了了玲玲地"知道、记住自己是怎样简单的一个人。

第三章
趁我还鲜活，不许任何人熄灭我

　　但是为什么还会写出诗文呢？——虽然都是些废话。这是时代为之！十年前正是五四运动的时期，大伙儿蓬蓬勃勃的朝气，紧逼着我这个年轻的学生，于是乎跟着人家的脚印，也说说什么自然、什么人生。但这只是些范畴而已。我是个懒人，平心而论，又不曾遭过怎样了不得的逆境，既不深思力索，又未亲自体验，范畴终于只是范畴，此处也只是廉价的、新瓶里装旧酒的感伤。当时芝麻黄豆大的事，都不惜郑重地写出来，现在看看，苦笑而已。

　　先驱者告诉我们说自己的话。不幸这些自己往往是简单的，说来说去是那一套；终于说的听的都腻了。——我便是其中的一个。这些人自己其实并没有什么话，只是说些中外贤哲说过的和并世少年将说的话。真正有自己的话要说的是不多的几个人，因为真正一面生活一面吟味那生活的只有不多的几个人。一般人只是生活，按着不同的程度照例生活。

　　这点简单的意思也还是到中年才觉出的；少年时多少有些热气，想不到这里。中年人无论怎样不好，但看事看得清楚，看得开，却是可取的。这时候眼前没有雾，顶上没有云彩，有的只是自己的路。他负着经验的担子，一步步踏上这条无尽的然而实在的路。他回看少年人那些情感的玩意，觉得一种轻松的意味。他乐意分析他背上的经验，不止是少年时的那些；他不愿远远地捉摸，而愿剥开来细细地看。也知道剥开后便没了那跳跃着的力量,但他不在乎这个,他明白在冷静中有他所需要的。这时候他若偶然说话,决不会是感伤的或印象的,他要告诉你怎样走着他的路,不然就是,所剥开的是些什么玩意。但中年人是很胆小的;他听别人的话渐渐多了,说了的他不说,说得好的他不说。所以终于往往无话可说——特别是一个寻常的人像我。但沉默又是寻常的人所难堪的,我说苦在话外,以此。

中年人若还打着少年人的调子——姑不论调子的好坏——原也未尝不可,只总觉"像煞有介事"。他要用很大的力量去写出那冒着热气或流着眼泪的话;一个神经敏锐的人对于这个是不容易忍耐的,无论在自己在别人。这好比上了年纪的太太小姐们还涂脂抹粉地到大庭广众里去卖弄一般,是殊可不必的了。

其实这些都可以说是废话,只要想一想咱们这年头。这年头要的是"代言人",而且将一切说话的都看作"代言人";压根儿就无所谓自己的话。这样一来,如我辈者,倒可以将从前狂妄之罪减轻,而现在是更无话可说了。

但近来在戴译《唯物史观的文学论》里看到,法国俗语"无话可说"竟与"一切皆好"同意。呜呼,这是多么损的一句话,对于我,对于我的时代!

第三章
趁我还鲜活,不许任何人熄灭我

大妈们 /汪曾祺

我们楼里的大妈们都活得有滋有味,使这座楼增加了不少生气。

许大妈是许老头的老伴,比许老头小十几岁,身体挺好,没听说她有什么病。生病也只有伤风感冒,躺两天就好了。她有一根花椒木的拐杖,本色,很结实,但是很轻巧,一头有两个杈,像两个小犄角。她并不用它来拄着走路,而是用来扛菜。她每天到铁匠营农贸市场去买菜,装在一个蓝布兜里,把布兜的袢套在拐杖的小犄角上,扛着。她买的菜不多,多半是一把韭菜或一把茴香。走到刘家窑桥下,坐在一块石头上,把菜倒出来,择菜。择韭菜、择茴香。择完了,抖落抖落,把菜装进布兜,又用花椒木拐杖扛起来,往回走。她很和善,见人也打招呼,笑笑,但是不说话。她用拐杖扛菜,不是为了省劲,好像是为了好玩。到了家,过不大会儿,就听见她乒乒乓乓地剁菜。剁韭菜,剁茴香。她们家爱吃馅儿。

奚大妈是河南人,和传达室小邱是同乡,对小邱很关心,很照顾。她最放不下的一件事,是给小邱张罗个媳妇。小邱已经三十五岁,还没有结婚。她给小邱张罗过三个对象,都是河南人,是通过河南老乡关系间接认识的。第一个是奚大妈一个村的。事情已经谈妥,这女的已经在小邱床上睡了几个晚上。一天,不见了,跟在附近一个小旅馆里住着的几个跑买卖的山西人跑了。第二个在一个饭馆里当服务员。也谈得差不多了,女的说要回家问问哥哥的意见。小邱给她买了很多东西:衣服、料子、鞋、头巾……借了一辆平板三轮,装了半车,蹬车送她上火车站。不料一去再无音信。第三个也是在饭馆里当服务员的,长得很好看,高颧骨,大眼睛,身材也很苗条。就要办事了,才知道这女的是个"石女"。奚大妈叹了一口气:"唉!这事儿闹的!"

江大妈人非常好,非常贤慧,非常勤快,非常爱干净。她家里真是一尘不染。她整天不断地擦、洗、掸、扫。她的衣着也非常干净,非常利索。裤线总是笔直的。她爱穿坎肩,铁灰色毛涤纶的,深咖啡色薄呢的,都熨熨帖帖。她很注意穿鞋,鞋的样子都很

第三章
趁我还鲜活，不许任何人熄灭我

好。她的脚很秀气。她已经过六十了，近看脸上也有皱纹了，但远远一看，说是四十来岁也说得过去。她还能骑自行车，出去买东西，买菜，都是骑车去。看她跨上自行车，一踩脚蹬，哪像是已经有了四岁大的孙子的人哪！她平常也不大出门，老是不停地收拾屋子。她不是不爱理人，有时也和人聊聊天，说说这楼里的事，但语气很宽厚，不嚼老婆舌头。

顾大妈是个胖子。她并不胖的腮帮的肉都往下掉，只是腰围很粗。她并不步履蹒跚，只是走得很稳重，因为搬动她的身体并不很轻松。她面白微黄，眉毛很淡。头发稀疏，但是总是梳得很整齐服帖。她原来在一个单位当出纳，是干部。退休了，在本楼当家属委员会委员，也算是干部。家属委员会委员的任务是换购粮本、副食本，到各家敛了来，办完了，又给各家送回去。她的干部意识根深蒂固，总觉得自己不是一个家庭妇女。别的大妈也觉得她有架子，很少跟她过话。她爱和本楼的退休了的或尚未退休的女干部说话，说她自己的事：说她的儿女在单位很受器重；说她原来的领导很关心她，逢春节都要来看看她……

在这条街上任何一个店铺里，只要有人一学丁大妈雄赳赳、气昂昂走路的神气，大家就知道这学的是谁，于是都哈哈大学，一笑笑半天。丁大妈走路，实在是少见。头昂着，胸挺得老高，大踏步前进，两只胳臂前后甩动，走得很快。她头发乌黑，梳得整齐。面色紫褐，发出铜光，脸上的纹路清楚，如同刻出。除了步态，她还有一特别处：她穿的上衣，都是大襟的。料子是讲究的：夏天，派力司；春秋天，平绒；冬天，下雪，穿羽绒服。羽绒服没有大襟的。她为什么爱穿大襟上衣？这是习惯。她原是崇明岛的农民，吃过苦。现在苦尽甘来了。她把儿子拉扯大了。儿子、儿媳妇都在美国，按期给她寄钱。她现在一个人过，吃穿不愁。她很少自己做饭，都是到粮店买馒头，买烙饼，买面条。她有个外甥女，是个时装模特儿，常来看她，很漂亮。这外甥女，楼里很多人都认识。她和外甥女上电梯，有人招呼外甥女："你来了！"——"我每星期都来。"丁大妈说："来看我！"非常得意。丁大妈活得非常得意，因此她雄赳赳、气昂昂。

罗大妈是个高个儿，水蛇腰。她走路也很快，但和丁大妈不一样：丁大妈大踏步，罗大妈步子小。丁大妈前后甩胳臂，罗大妈的胳臂在小腹前左右摇。她每天"晨练"，走很长一段，扭着腰，摇着胳臂。罗大妈没牙，但是乍看看不出来，她的嘴很小，嘴唇很薄。她这个岁数——她也就是五十出头吧，不应该把牙都掉光了，想是牙有病，拔掉的。没牙，可是话很多，是个连片子嘴。

乔大妈一头银灰色的卷发，天生的卷。气色很好。她活得兴致

第三章
趁我还鲜活，不许任何人熄灭我

勃勃。她起得很早，每天到天坛公园"晨练"，打一趟太极拳，练一遍鹤翔功，遛一个大弯，然后顺便到法华寺菜市场买一提兜菜回来。她爱做饭，做北京"吃儿"，蒸素馅包子，炒疙瘩，摇棒子面嘎嘎……她对自己做的饭非常得意："我蒸的包子，好吃极了。""我炒的疙瘩，好吃极了。""我摇的嘎嘎，好吃极了！"她接长不短去给她的孙子做一顿中午饭。她儿子儿媳不跟她一起住，单过。儿子儿媳是"双职工"，中午顾不上给孩子做饭。"老让孩子吃方便面，那哪成！"她爱养花，阳台上都是花。她从天坛东门买回来一大把芍药骨朵，深紫色的。"能开一个月！"

大妈们常在传达室外面院子里聚在一起闲聊天。院子里放着七八张小凳子、小椅子，她们就错错落落地分坐着。所聊的无非是一些家长里短。谁家买了一套组合柜，谁家拉回来一堂沙发，哪儿买的、多少钱买的，她们都打听得很清楚。谁家的孩子上"学前班"，老不去，"淘着哪"！谁家两口子吵架，又好啦，挎着胳臂上游乐园啦！乔其纱现在不时兴啦，现在兴"砂洗"……大妈们有一个好处，倒不搬弄是非。楼里有谁家结婚，大妈们早就在院里等着了。她们看扎着红彩绸的小汽车开进来，看放鞭炮，看新娘子从汽车里走出来，看年轻人往新娘子头发上撒金银色纸屑……

生活给了我一拳，
但我出的是布

一年的长进 / 周作人

在最近的五个礼拜里，一连过了两个年，这才算真正过了年，是民国十三年岁次甲子年了。回想过去"猪儿年"，国内虽然起了不少的重要变化，在我个人除了痴长一岁之外，实在乏善可陈，但仔细想来也不能说毫无长进，这是我所觉得尚堪告慰的。

这一年里我的唯一的长进，是知道自己之无所知。以前我也自以为是有所知的，在古今的贤哲里找到一位师傅，便可以据为典要，造成一种主见，评量一切，这倒是很简易的办法。但是这样的一位师傅后来觉得逐渐有点难找，于是不禁狼狈起来，如瞎子之失了棒了，既不肯听别人现成的话，自己又想不出意见，归结只好老实招认，述蒙丹尼（Montaigne）的话道："我知道什么？"我每日看报，实在总是心里糊里糊涂的，对于政治外交上种种的争执

第三章
趁我还鲜活，不许任何人熄灭我

往往不能了解谁是谁非，因为觉得两边的话都是难怪，却又都有点靠不住。我常怀疑，难道我是没有良知的么？我觉得不能不答应说"好像是的"，虽然我知道这句话一定要使提倡王学的朋友大不高兴。

真的，我的心里确是空溘溘的，好像是旧殿里的那把椅子——不过这也是很清爽的事。我若能找到一个"单纯的信仰"或者一个固执的偏见，我就有了主意，自然可以满足而且快活了，但是有偏见的想除掉固不容易，没有时要去找来却也有点为难。大约我之无所知也不是今日始的，不过以前自以为知罢了，现在忽然觉悟过来，正是好事，殊可无须寻求补救的方法，因为露出的马脚才是真脚，自知无所知却是我的第一个的真知也。

我很喜欢，可以趁这个机会对于以前曾把书报稿件寄给我看的诸位声明一下。我接到印有"乞批评"字样的各种文字，总想竭力奉陪的，无如照上边所说，我实在是不能批评，也不敢批评，倘若硬要我说好坏，我只好仿主考的用脚一踢——但这当然是毫不足凭的。我也曾听说世上有安诺德等大批评家，但安诺德可，我则不可。我只想多看一点大批评家的言论，广广自己的见识，没有用朱笔批点别人文章的意思，所以对于"乞批评"的要求，常是"有方尊命"，诸祈鉴原是幸。

生活给了我一拳，
但我出的是布

新年醉话 / 老舍

大新年的，要不喝醉一回，还算得了英雄好汉么？喝醉而去闷睡半日，简直是白糟蹋了那点酒。喝醉必须说醉话，其重要至少等于新年必须喝醉。

醉话比诗话词话官话的价值都大，特别是在新年。比如你恨某人，久想骂他猴崽子一顿。可是平日的生活，以清醒温和为贵，怎好大睁白眼地骂阵一番？到了新年有必须喝醉的机会，不乘此时节把一年的"储蓄骂"都倾泻净尽，等待何时？于是乎骂矣。一骂，心中自然痛快，且觉得颇有精神气概。因此，来年的事业也许更顺当，更风光；在元旦或大年初二已自诩为英雄，一岁之计在于春也。反之，酒只两盅，菜过五味，欲哭无泪，欲笑无由。只好哼哼唧唧噜哩噜苏，如老母鸡然，则癞狗见了也多咬你两声，岂能成

第三章
趁我还鲜活，不许任何人熄灭我

为民族的英雄？

再说，处此文明世界，女扮男装。许多许多男子大汉在家中乾纲不振。欲恢复男权，以求平等，此其时矣。你得喝醉哟，不然哪里敢！既醉，则挑鼻子弄眼，不必提名道姓，而以散文诗冷嘲，继以热骂：头发烫得像鸡窝，能孵小鸡么？曲线美、直线美又几个钱一斤？老子的钱是容易挣的？哼！诸如此类，无须管层次清楚与否，但求气势畅利。每当稍微停顿，则加一哼，哼出两道白气。这么一来，家中女性，必都惶恐。如不惶恐，则拉过来一个——以老婆最为合适——打上几拳。即使因此罚跪床前，但床前终少见证，而醉骂则广播四邻，其声势极不相同，威风到底是男子汉的。闹过之后，如有必要，得请她看电影；虽发是鸡窝如故，且未孵出小鸡，究竟得显出不平凡的亲密。即使完全失败，跪在床前也不见原谅，到底酒力热及四肢，不致着凉害病，多跪一会儿还自无损。这自然是附带的利益，不在话下。无论怎么说，你总得给女性们一手儿瞧瞧，纵不能一战成功，也给了她们个有力的暗示——你并不是泥人哟。久而久之，只要你努力，至少也使她们明白过来：你有时候也曾闹脾气，而跪在床前殊非完全投降的意思。

至若年底搪债，醉话尤为必需。讨债的来了，见面你先喷他一口酒气，他的威风马上得降低好多，然后，他说东，你说西，他说欠债还钱,你唱《四郎探母》。虽曰无赖,但过了酒劲,日后见面,大有话说。此"尖头曼"之所以为"尖头曼"也。

醉话之功,不止于此,要在善于运用。秘诀在这里:酒喝到八成,心中还记得莫谈国事,把不该说的留下;可以说的,如骂友人与恫吓女性,则以酒力充分活动想象力,务使自己成为浪漫的英雄。骂到伤心之处,宜紧紧摇头,使眼泪横流,自增杀气。当是时也,切莫提词寄信,以免留叛逆的痕迹。必欲艺术地发泄酒性,可以在窗纸上或院壁上作画。画完题"醉墨"二字,豪放之情乃万古不朽。

第三章
趁我还鲜活,不许任何人熄灭我

死之默想 / 周作人

四世纪时希腊厌世诗人巴拉达思作有一首小诗道:

（Polla laleis, anthrōpe.——Palladas）
你太饶舌了,人呵,不久将睡在地下。
住口罢,你生存时且思索那死。

这是很有意思的话。关于死的问题,我无事时也曾默想过（但不坐在树下,大抵是在车上）,可是想不出什么来——这或者因为我是个"乐天的诗人"吧。但其实我何尝一定崇拜死,有如曹慕管君,不过我不很能够感到死之神秘,所以不觉得有思索十日十夜之必要,于形而上的方面也就不能有所饶舌了。

窃察世人怕死的原因，自有种种不同，"以愚观之"可以定为三项，其一是怕死时的苦痛，其二是舍不得人世的快乐，其三是顾虑家族。苦痛比死还可怕，这是实在的事情。十多年前有一个远房的伯母，十分困苦，在十二月底想投河寻死（我们乡间的河是经冬不冻的），但是投了下去，她随即走了上来，说是因为水太冷了。有些人要笑她痴也未可知，但这却是真实的人情。倘若有人能够切实保证，诚如某生物学家所说，被猛兽咬死痒苏苏地很是愉快，我想一定有许多人裹粮入山去投身饲饿虎的了。可惜这一层不能担保，有些对于别项已无留恋的人因此也就不得不稍为踌躇了。

顾虑家族，大约是怕死的原因中之较小者，因为这还有救治的方法。将来如有一日，社会制度稍加改良，除施行善种的节制以外，大家不同老幼可以各尽所能，各取所需，凡平常衣食住，医药教育，均由公给，此上更好的享受再由个人的努力去取得，那么这种顾虑就可以不要，便是夜梦也一定平安得多了。不过我所说的原是空想，实现还不知在几十百千年之后，而且到底未必实现也说不定，那么也终是远水不救近火，没有什么用处。比较确实的办法还是设法发财，也可以救济这个忧虑。为得安闲的死而求发财，倒是很高雅的俗事；只是发财不大容易，不是我们都能做的事，况且天

第三章
趁我还鲜活,不许任何人熄灭我

下之富人有了钱便反死不去,则此亦颇有危险也。

　　人世的快乐自然是很可贪恋的,但这似乎只在青年男女才深切地感到,像我们将近"不惑"的人,尝过了凡人的苦乐。此外别无想做皇帝的野心,也就不觉得还有舍不得的快乐。我现在的快乐只是想在闲时喝一杯清茶,看点新书(虽然近来因为政府替我们储蓄,手头只有买茶的钱),无论它是讲虫鸟的歌唱,或是记贤哲的思想、古今的刻绘,都足以使我感到人生的欣幸。然而朋友来谈天的时候,也就放下书卷,何况"无私神女"(Atropos)的命令呢?我们看路上许多乞丐,都已没有生人乐趣,却是苦苦地要活着,可见快乐未必是怕死的重大原因:或者舍不得人世的辛苦也足以叫人留恋这个尘世罢。讲到他们,实在已是了无牵挂,大可"来去自由",实际却不能如此,倘若不是为了上边所说的原因,一定是因为怕河水比彻骨的北风更冷的缘故了。

　　对于"不死"的问题,又有什么意见呢?因为少年时当过五六年的水兵,头脑中多少受了唯物论的影响,总觉得造不起"不死"这个观念来,虽然我很喜欢听荒唐的神话。即使照神话故事所讲,那种长生不老的生活我也一点儿都不喜欢。住在冷冰冰的金门玉阶的屋里,吃着五香牛肉一类的麟肝凤脯,天天游手好闲,不在松树下着棋,便同金童玉女厮混,也不见得有什么趣味,况且永远如此，更是单调而且困倦了。又听人说，仙家的时间是与凡人不同的，诗云"山中方七日，世上已千年"，所以烂柯山下的六十年在棋边只是半个时辰耳，哪里会有日子太长之感呢？但是由我看来，仙人活了二百万岁也只抵得人间的四十春秋，这样浪费时间无裨实际的生活，殊不值得费尽了心机去求得他；倘若二百万年后劫波到来，就此溘然，将被五十岁的凡夫所笑。较好一点的还是那西方凤鸟（Phoenix）的办法，活上五百年，便尔蜕去，化为幼凤，这样的轮回倒很好玩的——可惜他们是只此一家，别人不能仿作。大约我们还只好在这被容许的时光中，就这平凡的境地中，寻得些许的安闲悦乐，即是无上幸福；至于"死后，如何？"的问题，乃是神秘派诗人的领域，我们平凡人对于成仙做鬼都不关心，于此自然就没有什么兴趣了。